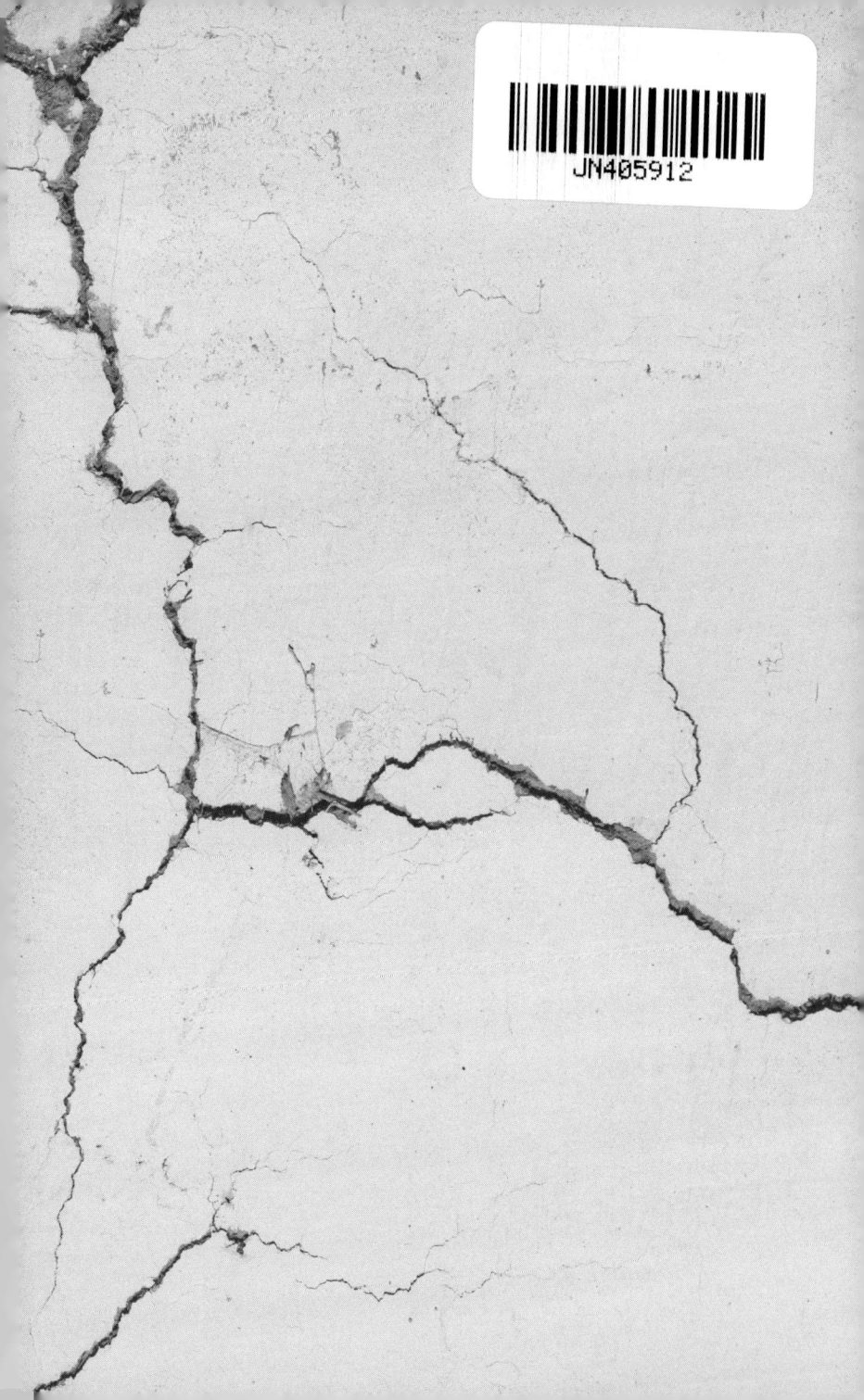

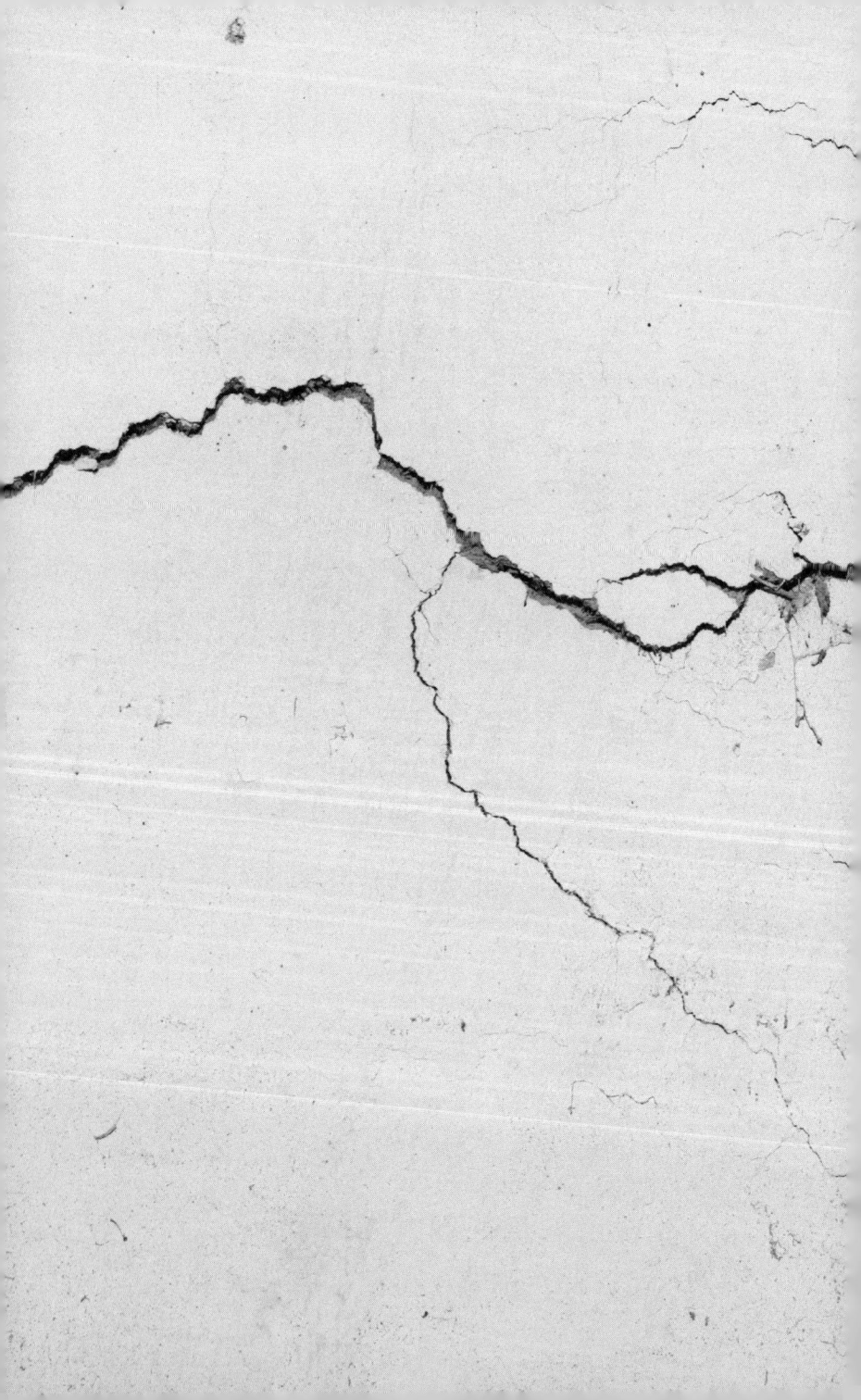

# 온화의 마음

**온화의 마음**
초판 1쇄 펴냄 2025년 11월 14일

지은이 하유지

펴낸이 고영은 박미숙
펴낸곳 뜨인돌출판(주) | 출판등록 1994.10.11.(제406-251002011000185호)
주소 10881 경기도 파주시 회동길 337-9
홈페이지 www.ddstone.com | 블로그 blog.naver.com/ddstone1994
페이스북 www.facebook.com/ddstone1994 | 인스타그램 @ddstone_books
대표전화 02-337-5252 | 팩스 031-947-5868

편집이사 인영아 | 외부편집 이주미
디자인 이기희 이민정 | 마케팅 정원식 | 경영지원 김은주

© 2025 하유지
ISBN 978-89-5807-074-0  03810

온화의 마음

하유지 장편소설

뜨인돌

한별

 한별

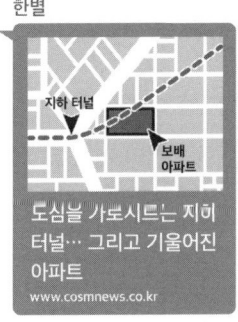
도심을 가로지르는 지하 터널… 그리고 기울어진 아파트
www.cosmnews.co.kr

너네 아파트 얘기 나왔어! 오후 8:12

오
그렇네
오후 8:12

 한별
아 미안   오후 8:19

응? 뭐가??? 오후 8:19

너희 아빠 얘기도 있는 것 같아서…

미안 지금 봤어   오후 8:21

> 난 또 뭐라고
>
> 괜찮아
>
> 근데 이거, 나 인터뷰한 기자 언니가 쓴 거 같음

**한별**
> 너 인터뷰했어?
>
> 언제? 왜?????

> 그냥, 저번에
>
> 심심해서? 암튼
>
> 아빠 얘기 묻길래 이웃인 척하고 대강 맞장구쳤어

# 도심을 가로지르는 지하 터널… 그리고 기울어진 아파트

김승현 기자
입력: 2025.6.4. 07:12   수정: 2025.6.4. 14:53

---

### ▶ 자목련동 보배아파트, 지하 터널로 몸살을 앓다

행성시 자목련동의 보배아파트. 이곳 지하 50미터 지점으로 터널이 지나간다. 몇 년 전, 지하 터널 공사가 시작되면서 집집마다 문제기 발생했다.

"벽지가 들뜨고 방문이 잘 안 닫히고 그랬죠. 갑자기 물도 새고. 어느 날부터는 벽이랑 천장에 금이 가더라고요."

이 지역에 터널을 만들기 위해 시공사는 지하 깊은 곳에서 다이너마이트를 터뜨렸는데, 약 4개월 동안 190여 차례나 발파가 진행됐다. 아파트 주민들은 무리한 발파 작업이 일으킨 진동으로 지반이 약해졌으며, 그 영향으로 아파트에 여러 문제가 생겼다고 보고 있다.

### ▶ 점점 더 기울어지는 아파트, 주민들은 불안하다

현재는 공사가 끝나 터널이 완공되고도 3년이란 시간이 흘렀지만, 문제가 해결되기는커녕 더 심각해졌다. 아파트가 계속해서 기울어지고 있기 때문이다. 복도 벽에는 크고 작은 균열이 생겼고, 실외 주차장은 바닥에 내려놓은 유리병이 굴러갈 정도로 경사도가 커졌다.

왜 이런 일이 생기는 것일까? 그 답은 자목련동이 바닷가 동네라는 사실에서 찾을 수 있다.

보배아파트는 바다와 가까운 곳에 세워진 건물이다. 그렇기에 지반이 약한 데다가, 땅을 조금만 파도 지하수가 나온다. 이런 곳에 지하 터널을 뚫었으니 지속적으로 지하수가 유출되는 것인데, 이때 위쪽 흙까지 같이 딸려 오기 때문에 지면이 내려앉게 된다. 이는 아파트가 기우는 현상으로 이어졌.

현재 아파트 주민들은 비상대책위원회를 결성하여 "우리를 안전한 곳으로 이주시켜 달라!"라고 요구하는 한편, 시공사와 정부 기관을 상대로 손해 배상 청구 소송을 벌이고 있다. 아파트 값은 폭락했고, 그나마 헐값에 내놓은 것도 팔리지 않는 상황이다.

▶ **극단적 선택으로까지 이어진 지하 터널 문제, 해결책은?**

지난해 6월에는 한 입주민이 아파트 옥상에서 뛰어내려 사망하는 사건이 벌어지기도 했다. 보배아파트 1동에 거주한다는 이웃은 "원래 우울증이 심했다더라고요"라고 하면서도 지하 터널 문제가 극단적 선택의 원인일지도 모른다고 조심스레 짐작했다.

한편, 비상대책위원회 위원장은…

2024년 6월 12일 수요일

온화야, 지금 아파트 옥상으로 좀 올래?
아빠가 할 얘기가 있어서 그래.

오전 7:13

# 1:1 문의 내역

고객센터 > 1:1 문의 > 나의 질문과 답변

---

등록일시 **2024. 6. 27.**　상태 **답변완료**

**질문**　**문자 메시지가 늦게 왔어요**

안녕하세요.
제가 얼마 전에 문자 메시지를 받았는데,
이게 알고 보니까 하루 늦게 온 거더라고요.
보낸 사람 폰으로 확인하니까
6월 11일 저녁 6시쯤 보낸 거였는데,
저한텐 6월 12일 아침 7시 넘어서 왔어요.
왜 이렇게 된 건지 궁금해요.

**답변**　안녕하세요, 차온화 고객님.
기지국 통신량이 많은 경우, 메시지를 받는 분의 휴대폰에 문제가 있는 경우 등 다양한 원인으로 문자 메시지 전송이 지연될 수 있습니다. 이용에 불편함을 드려 죄송하다는 말씀 드리며, 앞으로도 동일한 문제가 발생한다면 언제든지 고객 센터로 연락 주십시오.
오늘도 좋은 하루 보내세요.

**1**

 한별이한테는 괜찮다고 했지만, 내가 정말 괜찮은지는 나도 잘 모르겠다. 한별이가 보내 준 기사를 읽다 보니 마음이 갈라진 손톱처럼 까슬까슬해졌다. 지난해 6월에 아파트 옥상에서 뛰어내린 사람, 그 사람이 우리 아빠니까.
 몇 주 전이었나, 놀이터 그네에 앉아 1동 옥상을 올려다보고 있을 때였다. 어떤 언니가 다가오더니 자신을 기자라고 소개하면서 명함을 내밀었다. 그러고는 내가 보배아파트 주민인지 확인한 뒤에 아빠 이야기를 물었다. 지하 터널 시공사에서는 심한 우울증 때문에 생긴 사고일 뿐, 터널이 자살의 원인은 아니었다고 하더라면서.
 "근데요, 중학생한테 이런 거 물어봐도 돼요?"
 나는 그네 줄을 양손으로 움켜쥔 채 말했다. 기자 언니는 "아, 중학생인가 봐요?" 하고 되물으며 볼펜 꼭지를 수첩에 콕 눌러서

심을 뺐다.

"왜 그랬는지는 모르죠, 뭐. 정말 우울증이 있었다고는 하던데…."

이렇게 대답하고는 뒤쪽으로 몇 걸음 움직여 그네를 타겠다는 신호를 보냈다. 옆으로 비켜선 기자 언니가 나에게 몇 동 몇 호인지, 이름과 나이는 어떻게 되는지 물었다. 나는 그네를 타느라 못 들은 척했다. 무릎에 놓아둔 명함이 바닥으로 떨어졌다. '1동 1102호 사는 열여섯 살 차온화고요, 그쪽이 궁금해하는 사람 딸이거든요?' 하고 대답한다면 어떨까 생각하면서도 그네 타기를 멈추지 않았다.

기사를 다시 읽고는 휴대폰 화면을 껐다. 취재에 응한 사람이 나 하나만은 아니겠지 짐작하면서도, 기사에 나온 이웃이란 사람이 어쩐지 나일 것만 같았다. 뭐야, 나 신문에 나온 거야? 찜찜하면서도 신기하다.

아빠의 첫 번째 기일이 일주일쯤 뒤로 다가왔다. '기일'이란 제삿날이란 뜻이다. 쉽게 말하면, 누가 죽은 날. 엄마가 아빠 제사를 지낼까? 추모 기도나 묵념이나 뭐 그런 거라도? 나중에 알았는데, 엄마와 아빠는 이혼 직전이었다. 이혼보다 죽음이 한 발 더 빨랐달까. 갈라서려던 아빠가 그렇게 떠났을 때, 엄마는 어떤 기분이었을까. 내 기분도 모르는 내가 엄마 마음을 알 리 없다.

1년, 벌써 1년이구나. 아니, 겨우 1년이라고 해야 하나.

지난 한 해 동안 얻은 정보와 지식이 꽤 많다. 기일이란 단어의 뜻, 문자 메시지가 제멋대로 열세 시간씩이나 늦게 오기도 한다는 사실, 아빠가 우울증을 앓고 있었다는 것…. 아빠는 보통 술에 살짝 취해 있었고, 술기운이 없을 때도 꼭 술에 취한 듯 멍한 느낌이었지 우울해 보이지는 않았는데. 알아보니까, 자살은 우울 장애에 뒤따르는 가장 심각한 증상이라고 한다.

또 뭘 알게 됐더라? 아, 하나 더 있다. 아빠가 선택한 죽음의 방식 때문에 온 동네와 학교에 소문이 퍼졌는데도 먼 곳으로 떠나지 못하고 그대로 머물면 상당히 피곤해진다는 것.

우리 반 어떤 애는 그 아파트에 계속 사는 게 무섭지 않냐고 묻기도 했다. 참 나, 우리 집에 아빠 귀신이라도 있는 줄 아나? 아빠가 유령이나 귀신 같은 혼령이 돼 집을 맴돈다 해도 글쎄, 무섭지는 않을 듯. 귀신 아빠와 인간 딸은 서로 피해 다니느라 마주칠 일이 별로 없을 테니까. 엄마와 아빠의 관계만 파탄 직전이었다고 생각한다면 우리 집 콩가루 지수를 우습게 보는 거다. 아빠와 나도 남남 근처였다. 우리는 스쳐 지나가면서도 눈인사마저 생략할 만큼 데면데면하고 어색한 사이였다. 내가 중학생이 될 무렵부터 아빠는 날마다 술을 마시기 시작했다. 언제나 술에 취해 흐리멍덩하던 눈빛. 휴대폰 화면을 어둡게 해 놓으면 상품 쿠폰을 띄워도 바코드가 읽히지 않는 것처럼, 아빠의 눈빛이 너무 컴컴해서 나는 그 마음속을 읽어 내지 못했다.

그동안 괜찮냐는 말을 많이도 들었다. 같은 말이어도 누가 왜 하느냐에 따라 의미와 색깔, 무게와 질감이 달라졌다. 나처럼 극단적인 방식으로 가족을 잃은 애를 보면 사람들은 개가 괜찮은지, 앞으로 괜찮아질 계획은 있는지 확인하고 싶어 한다. 괜찮다고 대답하면 안심하는 사람이 있고, 의심하는 사람이 있다. 한별이는 안심하는 쪽이다. 상담 선생님은 의심하는 타입이고. 직업의식인가? 어쨌거나 그분, 지난주를 끝으로 이제 그만 안녕이다.

일주일에 한 번씩 1년 동안 받아 온 상담을 관두겠다는 말을 하려고 새벽 2시까지 엄마를 기다렸다. 엄마는 밤늦도록 피자 가게에서 일하다가 내가 잠든 뒤에 돌아오고, 나는 엄마가 자고 있을 때 일어나서 학교에 간다. 한집에서 다른 시간대를 사는 셈이다. 현관으로 들어선 엄마는 한두 입 먹고 냉동실에 얼려 둔 피자처럼 꽝꽝 얼어붙은 표정이었다. 초여름인데도 참 추워 보이는 얼굴이었지만 할 말은 해야 했다. 모르는 사람에게 더는 내 이야기를 주절대고 싶지 않다고, 그러면 그럴수록 내가 아빠에 관해 아무것도 몰랐다는 사실만 알게 된다고 말하려 했지만… 엄마 얼굴을 보니 나 역시 냉동 피자라도 된 듯 입이 잘 떨어지지 않았다. 그래서 상담 같은 거 지겹다고만 했다. 엄마는 예상대로 화를 냈고, 나는 물러서지 않았다. 피곤한 엄마가 참지 못하고 하품을 하는 순간, 승패가 결정 났다. 물론 나의 승리. 할 만큼 했으니 미안한 마음은 들지 않았다. 엄마는 몇 초짜리 하품도 못 참았지만 나는 매주 50

분씩 12개월을 견뎠다.

그날이 생각난다. 장례식장 빈소에서 아빠의 문자 메시지를 받은 날.

빈소('상여가 나갈 때까지 관을 놓아두는 방'이라지만 관은 다른 곳에 있었다) 구석에 마련된 방에 모로 누워서 뜬눈으로 밤을 지새웠다. 아침 7시 10분이 좀 넘어서 그 문자가 왔을 때도 난 깨어 있었다. 아파트 옥상으로 와 달라는, 할 말이 있다는 문자. 어제 죽은 아빠는 장례식장 옆의 병원, 지하 영안실에 있는데 말이다. 온몸을 부들부들 떨면서 휴대폰을 노려보다가, 나도 모르게 끄아악 비명을 질렀다. 혼이 빠지고 얼이 달아나서 숨을 꺽꺽거리며 울고불고 난리도 아니었다. 기절하듯 잠들었던 엄마가 그 소리에 깨어났다. 엄마는 문자를 확인하더니 얼굴이 허예졌지만 그것도 잠시, 핸드백을 뒤져 아빠 휴대폰을 꺼냈다. 아빠가 옥상 난간 앞에 신발과 함께 놔둔 휴대폰, 거기 내 이름이 뜬 메시지 목록에 똑같은 문자가 있었다. 상황을 정리해 보자면, 전날 저녁에 보낸 메시지가 다음 날 아침에 도착한 거였다. 귀신이 보낸 메시지는 아니었으니 다행이라면 다행이었달까.

"나쁜 인간! 애한테 이런 건 왜 보내? 온화는 어떡하라고!"

엄마는 죽은 지 24시간도 되지 않은 아빠를 막 욕하더니, 장례가 끝나자마자 나를 심리 상담 센터에 보냈다.

엄마는 나한테 괜찮냐고 물어보지도 않고, 곧 괜찮아질 거라고 장담하지도 않고, 그러는 자신도 그다지 괜찮지 않은 상태라는 걸 잘 숨기지도 못한다. 어쩌면 숨길 기운이 없을지도. 아빠가 술에 취해 지냈다면 엄마는 피곤에 절어 있다. 엄마가 혼자 쓰게 된 안방에서 옅은 술 냄새가 맴돌기도 한다. 한별이에게 이 이야기를 했더니, "우리 엄빠랑 똑같네!"라는 답이 돌아왔다. 밤에 화장실 가려고 나와 보면 안방 문틈으로 불빛과 음악 소리와 잔 부딪치는 소리가 새어 나온다고, 사는 게 힘든 어른들은 그럴 때가 있다면서 말이다. 우리 엄마가 안방에서 아빠 귀신하고 술잔을 짠 부딪칠 것도 아니고 애초에 그런 이야기가 아닌데, 한별이는 참 눈치도 없이 그럴 때가 있다.

아무튼 이런 상황이라, 며칠 전부터 위층에서 발소리가 들리기 시작했는데도 엄마에게는 입도 벙긋하지 못했다. 빈집에서 발소리가 들린다고 하면, 엄마는 이비인후과 청력 검사와 함께 2년짜리 심리 상담을 예약할 것이다.

앗, 또 들린다!

위층, 1202호 앞.

빈소에서 아빠의 문자 메시지를 받았을 때만큼은 아니지만 심장이 꽤 박력 있게 두근거린다. 여기는 올봄부터 빈집이다. 1202호 주인인 보라 할머니는 점점 기우는 아파트에 혈압도 높은 노인을 홀로 둘 수 없다는 아들의 성화를 견디다 못해, 아들 가족과 살러 떠났다.

"나, 아주 가는 거 아니다. 가 봤자 바로 옆 동네지 뭐. 잠깐 지내다 올 테니까 오며 가며 보자꾸나."

이사 날, 아침부터 위층이 시끄럽고 분주해서 올라가 봤더니 보라 할머니가 내 손을 잡으면서 말했다. 짐을 옮기는 아저씨, 그러니까 아들에게 뭐라 뭐라 작업 지시를 내리던 할머니는 나를 보자 눈빛이 상냥해졌다. 할머니는 몸에 적당히 달라붙는 여보라색 원피스 차림에 손목에 걸친 가방은 진보라색이었다. 할머니가 근처 시장에서 30년 넘게 운영 중인 가게는 그 이름 하여 '보라 옷 수선'이다. 엄마와 아빠, 동네 사람들이 보라 할머니라고 불러서 할머니 이름이 보라인 줄 알았는데, 보라색을 좋아해서 붙은 별명이었다. 할머니와 보라색은 같은 날 같은 배에서 태어난 쌍둥이처럼 아주 가까운 사이다. 보라 할머니는 40년 전쯤 보배아파트가 완공된 해에 입주했고, 나는 초등학교에 입학하자마자 이곳으로 이사 왔다. 엄마와 아빠가 일하느라 늦는 날이면 할머니가 나를 위층으로 데려가 저녁밥을 차려 주고는 했다. 아빠에게 자목련 동은 태어나 자란 곳이고, 보라 할머니는 먼 친척이었다.

'쫑긋!' 하는 효과음이 나도록 현관문과 그 옆 보일러실 창문에 귀를 기울이면서 눈으로 벽을 훑었다. 새끼손가락이 들락거릴 만큼 깊고 굵은 균열. 보배아파트 밑으로 지하 터널이 생기고부터 나타난 현상이다. 복도뿐만 아니라 집 안에도 잔금이 많다. 갈 곳 있는 사람들은 보라 할머니처럼 문을 잠가 놓고 떠났다. 갈 데도, 갈 돈도 없는 사람은 남았다. 우리 집이 그랬다. 대출금을 한참 더 갚아야 하는데 아파트가 망가졌다고, 헐값으로도 팔리지 않는다고, 엄마는 아빠 뒤통수에 대고 푸념했다. 엄마 말에 따르면, 이 집을 사자고 한 사람이 아빠였다. 엄마는 내키지 않았는데 아빠가 고향에서 살고 싶다며 불쌍한 표정으로 사정해서 어쩔 수 없었다나.

가만, 또 무슨 소리가 들린다.

나는 침을 삼키고는 현관문에 귀를 스티커처럼 가져다 붙였다. 실내용 슬리퍼를 끌며 걷는 소리, 문을 열었다가 닫는 소리. 우리 집도 터널 공사로 문이 뒤틀리는 바람에 여닫을 때마다 끼이익 소리가 난다.

보라 할머니인가? 집으로 돌아오셨나? 와락 반가운 마음이 들어 초인종을 누르려다가 멈칫했다. 지난주, 엄마 심부름으로 피망을 사러 시장에 급파됐다가 보라 할머니와 마주쳤을 때만 해도 그런 이야기는 없었다. 그리고 할머니는 촘촘한 바늘땀처럼 조심스럽게 걷지, 저렇게 쿵쿵거리며 걷지 않는다.

그럼, 누구지?

설마… 도둑?

때맞추어 집 안에서 뭘 떨어뜨렸는지 쿵 소리가 울렸다. 두근대던 내 심장도 쿵 떨어졌다. 보라 할머니는 곧 돌아온다면서 필요한 물건만 몇 상자 챙기고, 가전제품과 살림살이는 그대로 두었다.

가스만 끊었지 수도와 전기는 쓸 수 있을 텐데, 빈집 털이범이 들어와서 눌러앉기라도 한다면…!

놀이터에서 기자 언니가 말을 걸었을 때처럼 뒷걸음질을 쳤다. 그네를 타고 있다면 그다음은 발을 굴러 앞으로 나아갈 순서겠지만, 지금 이곳은 범죄 현장이잖아? 휴대폰을 집에 두고 왔으니 일단 도망치자. 얼른 가서 경찰에 신고, 신고! 몸을 틀어 내달리려는데 1202호 현관문이 벌컥 열렸다.

"여기서 뭐 해?"

안 그래도 호들갑이 심하고 잘 놀라는 성격인데, 빈소의 문자 메시지 사건 뒤로 담력이 더더욱 빈약해진 나는 그때처럼 "끄아악!" 비명을 내지르며 바닥에 주저앉았다. 그러자 내 앞으로 다가오는 그림자. 두 손으로 얼굴을 가린 채 손가락 틈으로 전방을 훔쳐봤다. 복도 바닥에 늘어진 그림자가 시커멓다.

"차온화. 뭐 하냐니까?"

도, 도둑이 내 이름은 어떻게 알았지?! 근데 잠깐, 이 목소리는? 손을 내리고 고개를 들었다.

"우림 언니…?"

그렇다, 우림 언니였다. 보라 할머니의 손녀. 할머니를 모셔 간 아저씨네 딸.

"아 뭐야! 도둑인 줄 알고 완전 놀랐잖아!"

나는 시소가 솟구치듯 자리에서 일어나며 성질을 부렸다.

"너야말로 문 앞에서 살금살금, 뭔데? 도둑인 줄 알고 신고할 뻔했거든?"

"왜 빈집에 와서 그러고 있어?"

"그러는 넌 빈집 앞에 와서 왜 이러는데?"

서로 놀란 나머지 씩씩거리며 아옹다옹하던 우리는, 한순간 피식 웃고는 실랑이를 종료했다.

"반갑다, 시스터. 엄청 오랜만이네."

언니가 두 팔을 뻗더니 나를 끌어당겨 안았다. 그러고 보니 반년 만이었다. 하아, 반년이라니!

시스터란 호칭대로 우리는 이웃사촌을 넘어 이웃 자매나 마찬가지였다. 보라 할머니와 아빠가 친척이니 언니와 나도 실제로 피를 몇 방울쯤은 공유할 테고. 우림 언니는 (언젠가 말할 기회가 있겠지만 여차여차한 사정으로) 중고등학교 시절을 보라 할머니네서 보냈다. 할머니가 어린 나를 거둬서 먹여 주는 일이 잦았기에, 그 집에 사는 우림 언니와도 친해질 수밖에 없는 운명이었다. 다섯 살 차이가 나지만 우림 언니는 스스로 주장하는바 나이 따위 신경 쓰지 않는 호쾌함을 갖춘 데다가, 우리 둘 다 집순이 기질이 있어서 손발에 마음까지 잘 맞았다. 좀 답답하다 싶으면 서로의 집에 놀러 가고 놀러 오면 딱이니까. 언니는 작년 초, 대학에 합격하고서 옆 동네 본가로 돌아갔다. 그래 놓고 나처럼 툭하면 할머니네 집을 드나들었는데, 올해 초부터인가 얼굴 보기도 힘들고 연락도 뜸해졌다. 나는 나대로 내 문제에 골몰하느라 언니를 신경 쓰지 못했고.

"언니, 다이어트 해? 살이 왕창 빠진 거 같아. 눈도 퀭하고."

외모 이야기는 자제한다는 소신이 있지만, 시스터 장우림이라면 예외였다. 우리는 못 할 이야기는 심장 부근에 묻어 두되 할 이야기라면 망설이지 않는 사이였다.

"마음이 상해서 그런가? 이제부터 찌우면 되지. 들어가자, 시스터. 나 여기 있는 거, 다른 사람한테 들키면 안 돼. 우리 집에 소문나."

우림 언니는 참 빨리도 복도를 둘러보더니 나를 집 안으로 끌고 들어갔다. 몇 달간 비어 있던 집은 마지막으로 봤을 때보다 벽지가 더 우글우글해지고 방문도 한층 뒤틀린 느낌이었지만, 먼지는 날리지 않았다. 21년 평생토록 비염 인생을 살아서 먼지와 집먼지진드기에 민감한 언니가 청소해 둔 모양이었다. 며칠 전 들리던 드르륵 소리, 그거 청소기 끌고 다니는 소리가 맞았구나. 솔직히 말하자면 나사 풀린 뇌가 꾸며 낸 환청이 아닐까, 깔끔한 환경을 좋아하는 빈집 귀신은 아닐까, 2.3그램쯤 의심했었다. 그런데 환청이나 귀신이 아니라 우림 언니였다니 이쯤이면 해피엔딩이다.

"안 그래도 너한텐 나 여기 왔다고 말하려고 했어. 근데 너, 비밀 지켜야 돼! 우리 할머니한테 말하면 안 된다?"

"말 안 해."

"아줌마한테도."

"나 우리 엄마랑 그런 얘기할 만큼 안 친해. 언니, 여기 계속 있을 거야?"

"한동안은. 배낭여행 간다고 하고 여기로 온 거거든."

여행 짐이 아니라 이삿짐을 싸 왔는지, 예전부터 언니가 쓰던 방에 널브러진 가방이 꽤 거대했다.

"할머니는 언니네 집에 가셨잖아. 근데 언니는 할머니네 집에 온 거야? 왜?"

"어쩌다 보니 그렇게 됐지."

"무슨 일 있어? 어쩌다가 마음이 상했는데?"

언니는 잠시 망설이는 눈치였지만 심장 부근에 묻어 둘 일은 아니라고 여겼는지, 어깨를 으쓱하고는 대답했다.

"나 휴학하고 일한 건 알지? 작년 12월부터, 6개월 계약직으로. 정확히 말하자면 파견 근무지만. 거기서 갑질 당했어."

"갑질?"

"그래. 따돌림, 혹사, 인신공격 등등. 이렇게 말해 버리니까 별거 아닌 거 같네? 신기하다."

우림 언니는 반쪽이 된 얼굴로 웃었다. 뭐라고 대답해야 할지 몰라서 나는 언니를 바라보기만 했다. 갑질은 내가 입을 댈 만한 분야가 아니었다. 나는 이제껏 왕따를 당한 적도 없고, 몸을 혹사하며 공부에 몰두한 적도 없고, 인신공격이라면⋯ 음, 이건 좀 할 말이 있을지도? 귀신 붙은 집이라는 둥, 자살 유전자라는 둥, 그런

막말을 들으면 화날 때가 많았으니까.

"그런 일 당하고 나니까 사람도 세상도 싫어지더라고. 여기저기 신고해 봤는데 별 소용도 없고. 그래서 에잇 모르겠다, 하고 혼자 있으려고 온 거야. 나 원래 집순이잖아."

사람이 싫어졌다고? 우리 언니가? 집순이 생활에 특화된 체질이기는 해도 일단 밖에 나가 돌아다니기 시작하면 골든레트리버로 장르가 달라지는 사람인데? 언니는 명랑한 골뎅이처럼 주변을 두리번거리며 사람들을 구경하고, 잎사귀를 떨구는 가로수와 지저귀는 새한테도 말을 걸고, 카페에서 좋아하는 노래가 나오면 박수 치듯 웃음을 터뜨리는 캐릭터였다.

"나도 사람인데? 난 안 싫어?"

"넌 아는 사람이잖아, 시스터. 내가 싫어진 건, 더 크고 넓은 범위의 인간들이야. 이를테면 인류 같은 거. 라면 먹을래?"

"먹을래. 참깨라면 있어?"

내가 싫어지지 않았다는 말에 안도하며 대답했다. 저녁 시간이라 배가 고팠다. 나는 울적하다가도 밥때가 되면 걸신 먹보로 장르가 바뀐다.

"있어. 너 이제 중3이지? 남친 있어?"

"없어. 참깨라면은 있는데 남친이 없네."

내 말에 우리 둘은 웃었다. 이것이 우리 방식이었다. 별것도 아닌 일로 시무룩해지고, 아무것도 아닌 말에 즐거워하기. 물론 갑질은 '별것도 아닌'이란 범위를 까마득하게 초과한 진짜 별것이고, 언니 기분은 '시무룩'보다 한참 미만인 듯하지만.

"썸남도 없고?"

"짝남은 있지."

"짝사랑이라니 시스터! 다 큰 거니, 덜 큰 거니."

"짝사랑 아니고 진짜 짝. 내 옆자리."

"거짓말이야, 아재 개그야? 둘 다 금지. 걔는 이름이 뭔데?"

"건우. 서건우."

"어떤 애야?"

"그냥 흔한 남자애야. 착한 편인 거 같고, 친구들이랑 욕할 땐 좀 어설프고, 좋은 냄새 나고."

"뭐야, 하나도 안 흔하잖아! 그런 남자애가 옆자리에 있어? 외계 생명체나 홀로그램 아니야?"

내가 알기로 토종 인간이 확실한 서건우는, 나한테 자꾸 괜찮으냐고 물어보지 않는다. 엄마처럼 '넌 그냥 살아만 있어 줘, 그거라도 해 줘' 하는 눈으로 나를 보지 않는다. 한별이는 내가 재채기하려고 코만 찡긋해도 "왜, 기분 안 좋아? 어디 아파? 코로나야? 독감? 몸살? 괜찮은 거지, 차온화?" 하고 안달하며 캐묻는다. 하지만 난 그런 한별이가 싫지 않다. 우리는 친구니까.

"이거 중고 거래로 만 원 줬다? 잘 샀지? 불이 세서 라면 두 개도 거뜬해."

부엌 식탁에 놓인 1구짜리 휴대용 인덕션에 냄비를 올리며 자랑하는 우림 언니. 맞다, 이 집 가스 끊겼지. 언니 말대로 화력이 센지 물이 금세 끓었다. 라면 스프와 면 사리를 넣자 코앞까지 날아드는 강렬하고 인공적인 냄새. 이쯤 되면 향기다, 향기.

"라면을 두 개씩 끓여 먹었어? 좋네. 살 금방 찌겠다. 언니 지금 너무 말라서 좀 쪄야 돼."

"내 말이. 맡겨 두시죠!"

우림 언니는 라면을 스무 개는 더 먹어야 할 것 같은 얼굴을 하고는, 젓가락으로 냄비 안을 휘저었다.

## 2

"아…!"

건우는 손으로 텀블러를 치자마자 나지막하게 외쳤다. 텀블러가 교과서 위로 엎어지면서 물이 쏟아졌다.

나는 당황해서 어쩔 줄 몰라 하는 건우에게 휴지를 뭉텅이로 건넸다. 뭐든 쏟고 흘리는 일이 일상인 나에게는 여행용 티슈가 필수품이다. 건우는 고맙다는 눈짓과 함께 휴지를 받았고, 젖은 교과서의 물기를 꾹꾹 눌러 가며 닦아 냈다. 수업 시간 내내 필기한 내용이 잉크 얼룩이 돼 사라지고 말았다. 수성 펜으로 썼나 보다. 서건우 얘는 이런 난감한 사건이 인생 최초라는 얼굴인데, 나는 계절에 한 번씩은 겪는 일이라 필통에도 유성 펜뿐이다. 준비성이 철저하다고 해야 하나, 미래에 비관적이라고 해야 하나. 객관적인 자기 인식이라고 해 두자.

"오늘 배운 내용 중요하니까 정리 잘해 놓고. 알았지?"

국어 선생님이 당부하며 교과서를 덮었다. 종이 울린다. 오늘은 이상화 시인의 「빼앗긴 들에도 봄은 오는가」라는 시를 배웠는데, 선생님의 마무리 발언으로 기말고사에 나올 확률 101퍼센트를 찍었다. 건우는 한층 더 곤란해하는 표정을 지었다. 얼룩덜룩 우글우글해진 교과서. 꼭 우리 집 벽지 같네.

"내가 필기한 거 찍어서 보내 줄까? 이따가 폰 받으면."

누가 뭐래도 이건, 동정심 때문이야. 국어 수업의 여운을 살려 말하자면 동병상련. 수성 펜 특유의 새갑을 포기하지 못하고 미련을 부리던 지난날의 나도 몇 번이나 겪은 비극이니까.

"정말? 그래 주면 고맙지!"

화들짝 반가워하는 건우에게 알았다는 뜻으로 고개를 끄덕이고는 책상에 엎드렸다. 쉬는 시간에는 보통 이렇게 엎드려서 뭉갠다. 화장실에 가거나 옆옆 반에서 가끔 놀러 오는 한별이와 수다를 떨 때 빼고는 그렇다. 1, 2학년 연속으로 같은 반이었던 한별이와 올해는 다른 반으로 갈라졌고, 3학년 교실에서는 굳이 단짝을 만들지 않았다. 일주일에 한 번 만나던 상담 쌤이 학교생활은 어떠냐고 물어보면 그럭저럭 잘 지낸다고 얼버무리기나 했지, 틈만 나면 책상에 엎어진다는 말은 하지 않았다.

시작부터 저려 오는 팔에 얼굴을 파묻으니 나 좀 우울한가, 하는 생각이 든다. 뭐, 죽을 만큼 우울했던 아빠 딸이라 그런 모양이지. 아빠만큼 우울하지 않으면 된 거지.

"예전부터 궁금했는데 혹시, 어디 아파? 자주 엎드려 있는 거 같아서."

평소처럼 친구들과 놀러 나가지 않고 옆에서 꾸물대는 기색이더니, 건우가 내 옆통수에 대고 말했다. 제법 용기 있는 행동인걸, 서건우? 나는 미동 없이 속으로만 감탄했다. 엎드린 사람에게 말 걸기를 민망함 레벨로 따지자면 벽 보고 말하기와 비슷한 수준인데 말이다. 우리가 짝이 된 지 두 달쯤 됐나? 이렇게 사적인 질문은 처음이다. 이제까지는 짝 활동이나 모둠 활동을 할 때 나눈 공식적인 대화가 전부였다. 좀 아까 필기 내용을 보여 주겠다는 말도 사적인 교류라 하기에는 애매하지. 우림 언니에게도 말하지 않았는가, 짝사랑이어서 짝남이 아니라 짝꿍이어서 짝남이라고. 사실 얘를 향한 내 마음이 무엇인지 나도 잘 모르겠다. 1년 전보다 아는 것도, 모르는 것도 더 많아졌다. 말도 안 되는 소리 같지만 진짜다.

"저혈압이라서 오전엔 기운이 없어. 그래서 그래."

차온화는 저혈압인가? 진실. 오전에 기운이 없는가? 진실. 그래서, 이 대답은 진실인가? 글쎄, 반만 진실. 기운은 오후에도 없고 꼭 저혈압 때문만도 아니니, 나머지 반은 거짓이란 이야기다.

"아, 저혈압. 그렇구나. 몰랐어."

건우가 대답했다. 그러니 대강 그렇게 알아 두렴, 하는 느낌으로 침묵하던 나는, 침묵의 끄트머리에 충동적으로 덧붙였다.

"이렇게 책상에 귀 대고 있으면, 터널로 차 지나가는 소리가 들리는 것 같아."

"터널? 지하 터널 말하는 거야?"

"응. 이상하게 들리겠지만 그냥, 그런 기분이라고."

지하 터널은 보배아파트를 거쳐 새별중 밑으로도 지나간다. 이 순간에도 온갖 차가 이곳 3학년 3반 밑을, 지하 깊숙한 곳을 달리고 있겠지.

초등학생 때는 터널 공사가 한창이던 시기여서, 하루에도 몇 번씩 땅속에서 다이너마이트가 터졌다. 그때마다 우웅— 하고 엄청나게 커다란 북이나 징을 두드리는 듯 둔탁한 진동과 함께 교실이 흔들리는 느낌이 들었다. 나는 그 느낌이 싫지 않았고, 어린 마음에 좀 신기하기까지 했다. 그런데 터널이 완공돼 차량 통행을 시작하고부터 마음이 달라졌다. 우리 집 아래로, 내가 누운 침대와 앉아서 밥을 먹는 식탁 저 밑으로 차가 지나간다고 생각하니 묘한 불안감이 뿌옇게 피어올랐다. 학교에 있을 때도, 동네를 걸어 다닐 때도 마찬가지였다. 땅이 꺼지면서 화단 흙에 묻혀 있던 건물 아랫부분이 드러난 보배아파트처럼, 이 세상도 몇 도쯤 기우뚱해지며 속내를 드러내는 것 같았다. 다른 사람들도 몇 뼘 깊이밖에 안 되는 어딘가에 불안과 초조를 감춰 놓고 사는 걸까? 나랑 엄마, 보배아파트 주민들처럼? 이런 속생각을 털어놓았다면 상담 쌤은 눈을 반짝이며 철학과나 상담심리학과 진학을 권했을지도. 온화 학생, 내 제자가 되지 않겠어요? 물론 나는 아뇨, 하고 단칼에 거절

했겠지만.

"무슨 말인지 알 거 같아. 나도 가끔 이명처럼 폭발음이 들리거든."

그 말에 나는 몸을 일으키며 손으로 이마를 문질렀다. 팔에 눌려 붉은 자국이 났을 텐데, 아마.

"귀에 이상 생긴 건 아니고?"

"병원 가 봤는데 멀쩡하대."

"이상하지 않다는 거지?"

너는 귀에 이상이 없고, 내 마음도 비정상이 아니고?

"응, 안 이상해."

마음속 질문을 알아들었는지 어쨌는지, 건우가 가무잡잡한 얼굴에 햇볕 빛깔로 웃음을 띠며 대답했다. 이 위로 받는 느낌은 뭘까. 철학과 상담심리를 공부했다는 상담 쌤도 주지 못한 편안함이 따뜻하게 데운 두유처럼 속을 훑어 내렸다. 나는 당황한 나머지 급작스레 바쁜 척하며 딴짓을 했다. 서랍에서 3교시 교과서를 꺼내는 것 말고는 할 일도 없는데. 내 책상에는 물이 든 텀블러가 없어서 다행이다. 있다면 허둥대다가 쓰러뜨리고도 남았을 테니까.

"아…!"

하굣길, 한별이와 함께 학원으로 향하던 나는 갑자기 떠오른 생각에 발걸음을 멈췄다. 손에 쥔 휴대폰을 열어 건우에게 보낸 메시지를 확인했다. 30분 전, 종례 직전에 돌려받은 휴대폰으로 국어 교과서 97쪽의 필기 내용을 찍어서 건우에게 보낸 사진 파일이었다.

"아악! 어떡해!"

나는 발음도 정확하게 '아악!'이라고 또박또박 외치며 뛰어올랐다. 발바닥이 아플 정도로 온 힘을 다해 펄쩍.

"왜! 왜 그러는데! 무슨 일이야!"

나보다 더 놀란 한별이가 두 다리에 더해 두 팔까지 허우적거리며 반응했다. 언제나 그렇듯 영혼을 다한 한별이의 과한 반응은 내 호들갑을 잠재우는 데 효과를 발휘했다. 나는 거친 숨을 몇 번 내쉬고는 휴대폰을 한별이 눈앞에 들이댔다. 돌다리도, 아니지, 절망으로 가는 외나무다리도 두드려 보고 건너자.

"왼쪽 구석 봐 봐. 글씨 쓴 거 보여? 뭐라고 쓴 거 같아?"

"여기? 이거? 뭐라고 쓴 거야, 진짜. 네 글씨는 알다가도 모르겠어. 선… 우? 아, 보인다! 건우, 서건우! 이게 왜? 누군데? 중요한 사람이야? 시험에 나온대? 국어 쌤이 우리 반에선 안 알려 줬는데? 뭔데, 누구냐니까?"

한별이가 궁금해 미치겠다는 눈빛으로 확인해 줬다. 교과서 사진에서 왼쪽 모서리, 내 글씨로 여러 번 쓴 서건우라는 이름이 보인다고.

나는 아악, 으억, 으윽, 소소한 변화를 줘 가며 고통스럽게 신음했다. 97쪽 바로 옆, 96쪽 귀퉁이에 건우 이름을 열두 번도 더 써놓고는 그 부분이 나오도록 사진을 찍어 보내다니. 다른 사람도 아닌 서건우에게! '쟤 진짜 재수 없지 않냐?'라고 욕하는 메시지를 딱 '쟤'한테 보내는 종류의 실수를 저지르는 인간 부류를 이제껏 얼마나 비웃어 왔던가. 그런데 그것과 매우 유사하여 대단히 치명적인 실수를 범하고 말았다. 국어 시간에 서건우 애 이름은 왜 또 죽어라 써 댔는지. 97쪽 옆 96쪽처럼 바로 옆에 앉았는데 들키기라도 하면 어쩌려고! 결국 이 모양 이 꼴로 어이없는 이실직고를 하게 됐지만 말이다. 지렁이 기어가는 글씨를 보고 서건우가 저주의 메시지라고 오해하는 거 아냐? 차라리 그편이 낫겠다는 기대라도 걸게 되는 지금, 절망의 외나무다리 한중간이다.

"왜 그러는데? 뭐가 문젠데!"

궁금하다며 물고 늘어지는 한별이에게 간략하게나마 사정을 밝혔다. 설명을 듣고 난 한별이는 가슴 앞으로 팔짱을 끼더니 나를 바라봤다.

"뭐야, 나한테 말도 없이 좋아하는 애 생긴 거야?"

"좋아하고 그런 건 아직 확실하지 않아. 나쁜 애는 아니구나, 그 정도야."

"그게 그거지. 더구나 짝이라면서? 갈 때마다 빈자리라 얼굴도 못 봤는데 대체 누구야, 서건우."

그제야 두 번째 실수를 깨달았다. 입이 가볍지는 않지만 얼굴 근육이 유연해서 표정이 다채로운 한별이에게 건우라는 이름의 의미를 알려 주고 말았다. 한별이가 건우와 마주치면 어떤 식으로든 티가 날 텐데 이걸 어쩌지.

"너 자꾸 나한테 말 안 하는 게 늘어나는 거 같아."

한별이는 서운한 기색을 내비치더니 입을 꾹 다물고 걸어갔다. 가슴이 뜨끔했다. 건우 때문이 아니었다. 아빠가 보낸 마지막 문자 메시지, 그 이야기를 단짝 한별이에게 하지 않았기 때문이다. 안 했다기보다는 못 했다. 왜일까. 두 손으로 가방끈을 붙잡고 터벅거리며 걸어가는 한별이의 뒷모습을 보고서야 그 이유를 깨달았다. 한별이까지 힘들게 하기 싫어서였다. 내 친구 김한별은 유리 그릇에 담긴 설탕이나 소금처럼 다른 맛과 색에 쉽게 물드는 사람이다. 하얗고 고와서, 슬픔이든 기쁨이든 다른 사람의 감정을 자기 것처럼 흡수한다. 그런 한별이가 뒤늦게 도착한 문자 메시지를 알게 되면 얼마나 안타까워할까? 장례식장에서도 한별이는 나를 끌어안고 서럽게 울었다. 지난해 이맘때쯤 나는 내가 아닌 듯 넋을 놓고 다녔지만, 한별이에게 하지 못할 말도 있다는 걸 본능적으로 알았나 보다.

"같이 가, 김한별! 우리 컵라면 먹고 들어갈까?"

"맨날 라면이냐?"

"그럼 샌드위치?"

원하는 답이었는지 한별이는 입을 삐죽이면서도 편의점으로 따라왔고, 딸기잼이 발린 감자샐러드 샌드위치에 기분이 풀렸다.

학원 수업을 듣는데 휴대폰으로 메시지가 날아들었다. 건우였다! 나는 옆에 앉은 한별이 눈치를 살피고는 휴대폰을 가방 앞주머니에 넣었다. 건우에게 메시지가 왔다는 걸 알면 한별이는 내가 걔랑 썸이라도 탄다고 단정 지을 것이다.

학원을 나와 집으로 가는 길, 갈림길에서 한별이와 헤어지고 모퉁이를 돌자마자 메시지를 확인했다.

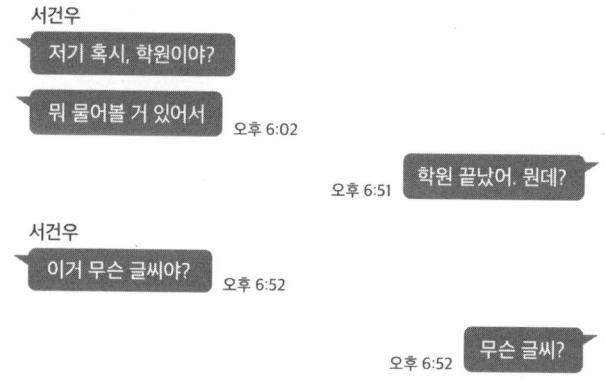

답을 기다리는 동안 가슴이 타들어 갔다. 건우, 서건우라고 쓴 곳에 동그라미를 쳐서 보여 주며 무슨 글씨냐고 물어보면 뭐라고 하지? 그건 97쪽이 아니니까 신경 끄라고 해야 하나? 졸다가 들은 조상님 목소리를 잠결에 받아 적었을 뿐, 의미는 내 알 바 아니라

고 잡아떼?

답이 왔다.

흐린 눈으로 뜯을 들이다가 동공에 초점을 맞추고는 사진을 확인했다. 다행히도 97쪽이었다! 「빼앗긴 들에도 봄은 오는가」의 한 시어에 밑줄을 치고 필기한 부분. 샌드위치를 입에 넣은 한별이처럼 급격히 기분이 좋아진 나머지, 친절한 말투로 지렁이 글씨를 해독해 줬다. 그럼요, 빼앗긴 들에도 봄은 오고 말고요, 콧노래까지 흥얼거리면서. 얘 해독 실력을 보니 '건우, 시건우'를 들킬 위험도는 높지 않은 듯.

건우는 고맙다고 하더니 다시 메시지를 보내왔다.

잊고 있었다, 역사 과목 숙제. 우리나라나 다른 나라의 역사를

다른 창작물을 보고 감상문을 써야 하는데 시작도 못 했다. 한별이는 최근에 완독한 웹툰이 신라 시대를 다룬 역사물이라, 그걸로 쓰겠다고 했다.

드라마는 너무 길고, 영화라도 뒤적거려 봐야 하나. 영상은 뭐든 2배속으로 돌려 보게 돼서 집중이 안 되는데 도서관에서 책을 빌리는 편이 나을까? 책은 2배속으로 읽을 능력이 안 되니까.

나는 숙제 고민에 빠지는 바람에, 건우가 뜬금없이 감상문 이야기를 왜 꺼냈는지는 고민해 보지도 않았다.

# 3

 토요일 오전, 늦잠을 자는데 우림 언니에게 연락이 왔다. 생리통이 심한데 약이 없다고, 진통제 좀 가져와 달라는 내용. 이런 부탁을 할 정도면 통증으로 꼼짝도 못 하는 상태일 것이다. 그런데 우리 집 약상자에도 진통제가 똑 떨어지고 없어서, 약국에서 사다 주겠다는 답을 보냈다. 세수하고 옷을 갈아입으며 서둘렀더니 땀이 날락 말락 한다. 6월인데도 한여름처럼 더운 날씨가 이어지는 나날이다.
 안방은 비어 있다. 토요일은 점심 무렵부터 피자 주문이 많다 보니 엄마도 가게에 일찍 나가서 영업을 준비한다. 앱으로 주문이 들어오면 배달은 대행업체에 맡기는데, 아빠가 있을 때도 배달 기사를 호출하는 일이 잦았다. 오토바이를 타려면 살아 있는 것만으로는 충분하지 않고, 술에 취하지 않은 맨 정신이어야 했으니까. 엄마는 조리를, 아빠는 배달을 맡기로 정하고 개업한 피자 체인점이었으나 엄마가 술 취한 아빠를 타박하며 싸우는 일이 늘어났다. 아직도 엄마는 피자 만드는 일을 계속하고 있지만, 아빠는 배달이라는 임무를 완수하지 못했다. 삶이라는 약속도.

집 밖으로 나가 현관문을 쾅 닫았다. 피자 치즈처럼 쭈욱 늘어지는 아빠 생각을 문 닫는 서슬에 끊어 낸다. 한집에서 함께 살 때는 있는 듯 없는 듯 데면데면하던 사람이 죽은 다음에 더 자주 떠오르다니, 이상한 일이다. 그렇지만 있을 때 잘하란 말은 나뿐만 아니라 아빠도 되새겨야 할 교훈이 아닐까? 아빠가 내 곁에 없다면, 아빠 곁에도 내가 없다는 뜻이다. 물론 이제 아빠한테는 들을 귀가 없으니 아무 말도 듣지 못하겠지. 그건 나도 안다.

바깥은 예감대로 덥고 맑았다. 바삐 걸으면 발걸음에서 휘파람 소리가 날 듯한 날씨였다. 1동 건물을 돌아 2동 앞을 지나가려니, 이사 업체의 트럭이 보였다. 기울어진 아파트에서는 무서워서 못 살겠다며 누가 또 이사를 가는구나 했는데, 그게 아니었다. 트럭에서 뺀 짐을 건물 안쪽으로 실어 나르는 중이었다.

급한데도 짬을 내어 멈춰 섰다. 화단 철책에 엉덩이를 걸치고 앉아 보도블록에 어른대는 자기 그림자를 발로 누르는 여자아이. 옆에는 크고 작은 스티커를 빈틈없이 붙인 여행 가방이 세워져 있었다. 오늘 이사 온 애일까? 여기는 나가는 곳이지 들어오는 곳이 아닌데. 그래도 뭐, 1동보다는 2동 사정이 낫다고 하니까. 보배아파트가 몇 도쯤 기울기는 했어도 워낙 튼튼하게 지은 건물이라 안정성 평가인가, 그건 최하 등급을 면했다고 들었다.

여자애가 고개를 들어 나를 바라보는 시선이 뒤통수에 와 닿았지만, 나는 몸을 틀어 출발한 다음이었다. '우리를 안전한 곳으로 이주시켜 달라!'라고 쓴 현수막이 정문에 걸려 펄럭였다. 현수막을 지나 아파트 단지 밖으로 나가자마자 다시 멈춰 서고 말았다. 인도에 플라스틱 의자를 갖다 놓고 앉아 집회를 여는 보배아파트 주민들, 그중에 엄마가 있었다. 시간 될 때마다 집회에 참석한다는 건 안았지만 바쁜 주말과 공휴일은 예외 아니었나?

엄마는 굵은 글씨로 가득한 손 팻말을 애착 인형처럼 꼭 껴안고 눈을 감은 채였다. 햇볕이 쨍쨍한 한낮 길거리에서 조는 엄마. 일주일 중에서 그나마 매출이 높은 토요일 점심 장사도 포기하고 집회에 참여하는 중이었다. 오늘도 새벽에야 퇴근했을 텐데. 지난밤, 현관문 여닫는 소리를 꿈결에 어렴풋이 들은 기억이 난다.

지하 터널이 생기지 않았다면, 보배아파트가 금이 가고 기울지 않았다면 어땠을까. 아빠는 고향 자목련동, 태어나고 자란 보배아파트에서 계속 살아갔을까? 저 자리에 엄마 대신 아빠가 앉아 있었을까? 아빠는 비뚜름한 보배아파트를 떠나는 대신, 이 세상을 떠났다. 왜일까. 왜 그랬을까. 전 재산이나 마찬가지인 집을 망가뜨린 지하 터널 때문에? 집처럼 엉망진창이 된 부부 사이 때문에? 엄마와 아빠는 어쩌다가 등을 맞댄 채 영영 서로 반대편을 바라보는 지경이 됐지? 당신이 배달 일을 제대로 하지 않아서 배달 수수

료로 나가는 돈이 너무 많다고, 앞으로 벌고 뒤로 밑진다며 아빠를 탓하던 엄마가 떠오른다. 엄마가 한숨을 쉬든 눈물을 짓든 내 버려두고 술병만 기울이던 아빠도. 다 집어치우고 모든 건 그저 우울증 때문이었나. 다른 사람은 몰라도 아빠는 알았을까, 자신이 왜 그러는지.

나는 엄마를 깨울까 봐 무섭기라도 한 사람처럼 조심스레 집회 장소를 지나 약국으로 향했다.

"이제 좀 살겠네. 고맙다, 자비롭고 충직한 시스터."

진통제 두 알을 삼키고 15분쯤 지나자, 얼굴에 핏기를 되찾은 우림 언니가 말했다. 현관 앞쪽 바닥에 드러누운 채였다. 문만 열어 주고 쓰러지듯 눕는 바람에 내가 약에 물까지 먹여 줬다.

"진통제를 여기저기 놔둬야 돼, 언니. 안 그러면 오늘처럼 곤란해져."

"다람쥐가 도토리 숨기듯이? 그래 놓고 걔들, 어디다 숨겼는지 까먹는다더라?"

"까먹지 말고, 숨기지도 말고! 눈에 잘 띄는 데다가 두란 말이야."

"알았어, 알았어. 되게 귀찮았나 보네."

"귀찮았다기보단 좀 더웠지. 이젠 괜찮아."

아닌 게 아니라, 집이 시원했다. 언니(가 쓰던) 방에 설치된 벽걸이 에어컨 덕분이었다. 큰방에 작은방 하나, 부엌도 작고 거실도 작은 집이다 보니 소형 에어컨으로도 냉방 효과가 뛰어났다. 더운 여름에는 열을 식히려고 열 일 하는 에어컨이야말로 자비롭고 충직한 자매이자 형제다.

나는 언니를 따라 방으로 갔다. 냉기의 근원지라 현관 앞보다 더 시원했다. 땡볕 아래에서 땀을 흘리며 졸던 엄마가 떠올랐다. 오븐이 돌아가는 피자 가게는 여름철이면 실내 온도가 대책 없이 치솟는다. 엄마는 늦봄부터 에어컨을 틀고 일하니 그 부분에서 애처로움을 느낄 필요는 없고, 불쌍한 쪽은 오히려 이 몸이다. 우리 집은 내가 방학으로 집에 있는 시간이 길어지는 7월 중순은 돼야 에어컨 가동 허락이 떨어진다. 전기 요금이 많이 나오면 잔소리를 듣기 때문에 나도 버틸 만큼 버티고 본다. 올여름은 이 집으로 더위를 피하러 오면 되겠군.

"생각해 보면 에어컨, 저게 미끼였어. 할머니네 집에 살기 시작한 거 말이야. 지각 안 하려고 그런 것도 있지만 에어컨이 결정타였거든."

우림 언니는 찬 바람이 폭포수처럼 쏟아져 내리는 침대 위에 드러누워 과거를 회상했다. 언니 사연은 나도 안다. 초등학교 때까지는 자목련동에 살았는데, 새별중에 입학하고 얼마 지나지 않아 옆 신도시로 이사를 했다. 두 달 동안 친구가 한 바구니나 생긴 언니는 전학을 거부했고, 돌고 도는 버스로 65분 거리를 통학하겠다고 우겼다. 바로 그날부터 지각이 이어졌다. 심지어 시험 보는 날에도 연속 이틀 지각. 시험 기간에만 할머니네 집에서 지내기로 했으나 1학년 1학기 기말고사가 끝날 무렵, 언니는 이 방에 눌러살게 됐다.

"시험 끝나고 오니까 방에 에어컨이 달려 있는 거야. 완전 공주 된 기분이었지. 나 더위 엄청 타잖아. 엄마랑 아빠는 나한테 할머니처럼 안 해 줬어. 오빠한테 신경 쓰느라고 막내 넌 알아서 자라라, 그랬다고. 첫째 다음에 둘째, 그러고는 땡인데 막내는 웬 막내? 막내라고 특별히 예뻐해 준 것도 없으면서."

우림 언니네 오빠는 언니 말에 따르면 '툭하면 정신 나가서 생난리를 치는 놈'이었다. 사이 나쁜 남매는 툭하면 싸웠고, 싸움 전·중·후에는 오빠의 생난리가 이어져서 집은 하루도 조용할 날이 없었다. 오빠는 학교에서도 툭하면 문제를 일으켜서 부모님은 계절마다 한두 번씩 학교로 불려 갔다. 우림 언니 휴대폰에 아직도 '툭하면'으로 저장돼 있는 문제의 그 오빠는 어느 날부터인가 머리를 세게 맞기라도 한 듯 정신을 차렸다. 흑역사는 유행 지난 옷처럼 내다 버리고 말쑥한 청년으로 변신 완료, 삼수라는 과업을 마친 뒤 현재는 군 복무 중이다.

"할머니가 나 마음 편하게 지내라고 이 방을 피난처로 내준 거 같아. 그래서 고등학교도 새별중 옆 새별고로 지원한 거잖아. 참, 너한텐 비추야. 급식이 맛없어."

"요즘엔 맛있어졌대."

"급식 업체 바꿨나? 그럼 추천."

다리를 흔들며 책상에 앉아 있던 나는 침대로 자리를 옮겼고, 그제야 책상 위쪽에 붙은 '우리 동네 UCC 공모전'이라는 포스터를 발견했다. 행정 구역상 행성시에 속한 동네의 사연을 촬영하여 다다음 달 10일까지 행성시 홈페이지에 등록하면 된다고 한다. 분량은 최소 1분에서 최대 3분까지.

"어? 이거 1동 출입문에 붙어 있던 건데?"

"자세히 좀 보려고 가져왔어. 다시 갖다 놓을 거야."

다시 갖다 놓을 거라면서 테이프를 사방에 꼼꼼히도 발라 놨다.

"차온화!"

우림 언니가 오늘 들어 가장 진지한 목소리로 나를 불렀다.

"너랑 나랑 같이 팀 짜서 저 공모전 참가하자."

"언니랑 나랑? 공모전을?"

배고프니까 내 특기인 김치볶음밥을 해 달라는 이야기가 나오겠지 싶었는데, 역시 언니는 기후 위기 시대의 날씨처럼 예측이 어려운 사람이다.

"대상 상금이 300이라잖아. 시에서 하는 것치고는 센 거야. 내가 다 알아봤어. 대상 타면 반씩 나눠 갖자."

"대상을? 우리가?"

"최우수상, 우수상, 장려상도 있으니까 골라 보든가. 어때, 대상이 제일 끌리지?"

원대한 꿈은 공짜인 데다가 정신 건강에도 좋으니 대상을 탄다고 가정한다면, 내 몫은 150만 원이다. 최우수상과 우수상, 장려상만 해도 각각 75만 원, 50만 원, 25만 원. 구미가 제법 당기는 제안이다.

엄마가 '주문이에요, 주문!' 하고 채근하는 앱 알림음에 조리대로 달려가 도우를 밀대로 밀어서 토마토소스 바르고, 치즈 뿌리고, 토핑 얹고, 고구마나 치즈 크러스트인 경우는 도우 가장자리에 고구마무스나 치즈를 말아 넣고, 오븐에 넣어서 굽고, 너무 크거나 작은 조각이 나오지 않게 균형을 맞추어 자른 다음 상자에 담고, 봉지에 피클과 소스와 탄산음료까지 챙겨서 배달 기사에게 건네고, 앱에 후기와 별점이 달리면 하나하나 댓글 달고, '별 하나 깎습니다'란 후기에 심장이 깎이고⋯ 그렇게 해서 피자 한 판마다 버는 돈이 얼마라고 했더라. 전기와 가스 요금, 재료비, 본사에 내는 수수료, 점포 임대료는 얼마고? 집 대출금은? 각종 공과금은? 내 학원비는? 작년 초까지만 해도 이런 계산과는 담쌓은 인생이었으나 말했다시피 지난 1년 동안 세상이 전수한 지식과 정보가 좀 많아야지. 장려상 25만 원이라 해도 적은 돈이 아니었다. 집에서 에어컨을 마음껏 틀 비용쯤은 될 듯.

"언니는 상금 생기면 뭐 할 건데?"

"나한테 갑질한 회사 사 버릴 거야."

"그게 돼? 150으로?"

"후하게 쳐서 150이지. 그 정도 가치밖에 안 되는 곳이야."

목표 온도에 도달한 에어컨이 작동을 멈추자 집 안이 조용해졌다. 몸을 벌떡 일으킨 언니가 집게손가락으로 얇은 이불을 꾹 눌렀다. 이불의 어느 한 지점이 갑질 원수의 눈알이나 급소라도 된다는 듯이.

"내 몫까지 줄까? 회사 사 버리는 데 보탤래?"

"고맙지만 사양할게, 시스터. 그 회사에 300은 과분해."

피식 웃고는 말이 없는 언니와 나. 어쩌면 우리는 마음 둘 데가 필요한지도 모른다. 몸 어디가 간지러운데 긁을 형편이 되지 않아 딴 데로 정신을 돌려서 가려움을 잊으려는 사람들처럼.

"언니, 회사에서 무슨 일이 있었는지 말해 줄 수 있어?"

우림 언니는 숨을 들이마시더니 이마를 이불에 들이박듯이 묻었다. 내가 몹쓸 질문을 했구나. 심리 상담사도 아니면서 괜한 짓을 했지 후회하려는 찰나, 언니가 입을 열었다.

"예를 들면, 월요일부터 금요일까지 아무도 말을 안 걸었어. 책상 위에 일거리만 던져 놓고, 그것도 내가 할 일이 아니고 자기들이 해야 하는 건데 나한테 떠넘긴 거야. 팀장이 자꾸 너, 야, 그러면서 반말하고 머리가 나쁘다는 둥, 굼뜨다는 둥 그러길래 말 함부로 하지 말라고 했더니 아예 아무 말도 안 하더라? 팀장을 포함해서 팀 사람들이 전부 다 그랬어. 내가 녹음이라도 할까 봐 무서

왔나? 침묵을 녹음할 수 없다는 게 끔찍했어. 팀 간식비로 사 온 간식도 나만 쏙 빼고 자기들끼리 나눠 먹고, 사장은 다 알고도 모르는 척하고. 내가 인력 업체에서 그 사무실로 파견 나간 형태였거든? 자기들한테 잘 보여야 재계약도 되는 거다, 잔말 말고 시키는 대로 하라는 식이었어."

"진짜 그랬다고? 다 큰 어른들이? 말도 안 돼."

"엄청 유치하지? 근데 유치한 게 의외로 무섭더라고. 그런 짓을 당하면 뭐랄까, 근원적인 공포나 불안감 같은 게 맘속에서 스멀스멀 올라와. 인간이 사회적인 동물이란 걸 뼈저리게 느꼈지. 주변 사람들한테 따돌림당하면 이렇게 괴롭구나, 하고. 난 누구 괴롭힌 적도 없고 괴롭힘 당한 적도 없어서 잘 몰랐어. 오빠랑 죽도록 싸울 때도 싸우다 보니까 격해지는 거였지, 처음부터 작정하고 서로 못살게 군 건 아니었거든."

"언니!"

"왜?"

언니가 이불에 반쯤 묻었던 얼굴을 들어 나를 봤다. 눈에 물기가 없다. 눈물이 없는데 생기도 없다.

"공모전 참가하자. 장려상이라도 타서 25만 원으로 그 나쁜 회사 사 버리자!"

"콜!"

곧장 기획 회의에 돌입했다. 영상은 휴대폰으로 촬영해도 충분

할 듯했다. 편집과 효과음, 배경 음악에 자막 작업은 그 이름도 화려한 미디어학부를 1년 다니고 휴학한 우림 언니가 맡기로 결정.

"이제 중요한 건 영상 주제야. 머릿속에 떠오르는 거 말해 봐."

그래서 나는, 머릿속에 떠오르는 생각을 말했다.

"죽기 전에 마지막으로 남기고 싶은 말은?"

떼어 내고 잘라 내려 해도, 지우고 없애려 해도 마음속과 머릿속에서 떠나지 않는 아빠의 메시지. '온화야, 지금 아파트 옥상으로 좀 올래? 아빠가 할 얘기가 있어서 그래.' 보관함에 옮겨 둔 메시지를 읽어 본다. 내가 카톡에서 아빠를 차단하자 아빠는 문자 메시지로 가끔 말을 걸어왔다. 물음표와 쉼표, 마침표까지 다 외운 내용인데도 생각날 때마다 들여다본다. 예전에는 하루에 열 번도, 스무 번도 봤다.

"오, 그거 괜찮은데? 뭔가 있어 보여."

"정말? 난 좀 음침한 거 같은데."

아이디어라기보다는 혼잣말에 가까웠기에 언니의 호평이 얼떨떨했다.

"좀 음침하면 어때. 그 왜, 카페도 적당히 컴컴해야 분위기 있어 보이잖아."

"근데 언니, 정작 난 답을 모르는데 어떡해? 죽기 전에 무슨 말을 하고 싶을지 모르겠어."

"나도 그래. 우리 둘 다 모르니까 다른 사람들한테 물어보자.

'죽기 전에 마지막으로 무슨 말을 남기고 싶을 거 같으세요?'라고 물어보고 다니는 거야. 인터뷰 형식으로 영상을 따서 편집하는 거지."

"자목련동 얘기를 해야 하는 거 아냐? 이름부터 '우리 동네 UCC 공모전'인데."

"우리 동네 사람들한테 물어보면 되잖아. 딱이네, 우리 동네 UCC 공모전."

"가벼운 주제도 몇 가지 더 생각해 보는 게 나을 거 같아."

"그럼 시스터, 이건 어때? 너랑 나랑 인터뷰를 따로 진행하는 거야. 너는 있어 보이는 주제로 인터뷰하고, 난 그거 말고도 그날그날 내키는 대로 가벼운 인터뷰를 따 올게. 추천하고 싶은 동네 맛집은? 자목련동에서 제일 경치가 좋은 곳은? 이런 식으로 자목련동이랑 관련된 질문을 할게. 와, 이러다가 우리 진짜 대상 타겠는데?"

"김칫국 드링킹 금지. 난 인터뷰 같은 거 못 해, 무서워. 그냥 언니 따라다닐래."

"각자 해야 시간도 반으로 줄고 효율적이지. 회의랑 편집은 같이하고. 아는 사람들한테 부탁해. 너랑 제일 친한 친구가 누구였지?"

"한별이. 김한별."

"한 명 확보했네. 모르는 사람들은 내가 담당할 테니까 넌 아는 사람 맡아."

"인류가 싫어졌다고 하지 않았어? 모르는 사람이랑 얘기하는 거, 괜찮아?"

"상금으로 회사 구매할 거잖아. 괜찮아. 난 할 수 있어."

"언니 봤다고 누가 할머니한테 말하기라도 하면? 배낭여행 간다고 했다면서."

"마스크 쓰고 다니지 뭐. 마스크에 '장우림 아님. 보라 옷 수선집에 이르지 마시오'라고 써 놔야겠다."

언니 말에 킥킥거리다가, 한별이 말고 또 누구를 인터뷰할까 궁리해 봤다. 죽기 전에 마지막으로 남기고 싶은 말이 무엇일지 궁금한 사람이 누구지? 너무나도 당연한 답이 떠올랐다. 아빠.

"언니, 아빠가 나한테 무슨 말을 하려고 그랬을까?"

우림 언니에게는 아빠의 문자 메시지를 보여 줬다. 메시지가 왜 열세 시간이나 늦게 왔는지 통신사에 물어보라고 조언해 준 사람이 언니였다. 통신사에서는 기지국이나 휴대폰 문제라고 답변했다. 오래된 휴대폰이라 오류도 많고 전화도 잘 안 터지고 그렇긴 하다.

"그날 혹시, 술 드셨던 긴 아닐까?"

언니가 조심스럽게 말했다.

그 메시지가 의미 없는 술주정이었을 가능성은 나도 따져 봤다. 아빠는 속이 답답하다면서 맥주 한두 캔을 가지고 가끔 아파트 옥상에 올라갔다. 보배아파트는 옥상 관리가 허술하기도 하고, 오래된 엘리베이터가 걸핏하면 고장이 나서 옥상 문을 열어 놓는 경우가 많았다. 엘리베이터가 멈추면 고층 주민들은 옥상을 거쳐 옆 라인으로 건너가서 그쪽 엘리베이터를 이용했다.

"그날은 술 안 마셨대. 엄마가 그랬어."

장례식장에서 들은 이야기였다. 아빠는 신경정신과 치료를 받고 있었는데 그날이 병원 진료일이라 술을 마시지 않았다고, 마침 피자 가게 휴일과 겹쳐서 엄마도 같이 병원에 갔다가 집에 돌아와 쉬고 있었다고. 그러다가 아빠가 또 답답하다며 옥상으로 올라간 모양이었다. 옥상에서 신발과 휴대폰 말고 술병은 나오지 않았다. 여기까지 생각하자 어쩔 수 없이 1년 전 그날이 떠올랐다. 문자 메시지처럼 머릿속 보관함에 넣어 둔 기억이.

그날, 나는 여느 때처럼 방과 후에 한별이와 함께 학원에 갔다. 수업 끝나고는 마라탕을 먹었다. 평소보다 조금 늦게 보배아파트 단지로 들어섰을 때가 저녁 7시쯤. 1동 뒤편 화단에 몰려서 웅성거리는 사람들이 보였다. 무슨 일인가 싶어서 고개를 빼고 그쪽을 기웃거리던 나는, 엄마와 눈이 마주쳤다. 무슨 일이길래 엄마까지 나왔지? 앞치마를 두른 엄마는 꼭 죽은 사람처럼 얼굴이 하얗게 질린 채였다.

여기까지 떠올리자, 이상하다는 생각이 든다. 어떤 부분이 이상할까. 읽고 또 읽은 책처럼 수백 번, 수천 번 떠올린 기억인데 새로운 조각을 발견한 느낌이다. 어떤 조각일까. 이 조각은 어느 빈 곳에 들어맞을까.

화단으로 다가가자, 나에게 부딪히듯 달려와 두 손으로 내 눈을 가리던 엄마. 밀가루가 말라붙은 손바닥이 까슬거렸다. 엄마는 내 눈을 아프도록 세게 누르며 말했다. 보지 마, 온화야. 넌 저런 거 보지 마.

저런 거, 옥상에서 떨어진 아빠의 시신.

구급차와 경찰사가 도착하고 나서야 나는 상황을 파악했다.

이미 숨이 끊어진, 아빠였던 존재의 육체…. 사람들이 시신을 둘러싸고 있어 시야를 가린 데다가 엄마가 안간힘을 다해 눈을 가려 준 덕분에 나는 아빠를 보지 못했다. 화단 너머에 고인 피만 봤다.

손을 들어 얼굴을 만져 본다. 엄마 손에서 옮겨 온 밀가루가 아직도 눈가에 묻어 있는 듯하다. 순간, 이상한 점이 무엇인지 깨달았다. 그날은 화요일, 가게 휴일이었는데 왜 엄마 손에 밀가루가 묻어 있었지? 가게에서 쓰는 앞치마는 왜 하고 있었고? 병원에서 돌아와 집에서 쉬었다고 했는데.

엄마가 나에게 뭔가 숨기는 것이 있을지도 모른다.

4

"오늘도 저혈압이야?"

3교시가 끝나자마자 책상에 엎드리는 나에게 건우가 물었다.

"그렇지, 체질이니까."

수학 시간이라 유독 힘들기도 했고.

"주말에 역사 숙제 했어?"

"그건 왜 자꾸 물어봐?"

고개만 돌려서 건우를 봤다. 정확히 말하자면 교복 셔츠에 수놓인 이름, '서건우'를. 먼지가 허공을 날아다니다가 그 이름 끄트머리를 스쳐 갔다.

"아직 안 했으면 〈빼앗긴 들에도 봄은 온다〉 같이 보자고 하려 했지."

국어 교과서 97쪽에 실린 시 이야기를 왜 또 하지? 필기 사진을 보내 주고 지렁이개발괴발온화체 해독도 해 줬으니 인류애를 발휘한 데다가 AS까지 해 준 셈인데? 96쪽 구석에 끄적인 제 이름을 뒤늦게 발견한 건 아니겠지… 하는 생각으로 머리가 와글거리는데, 건우가 말했다.

"영화 말이야, 영화."

아아, 시 「빼앗긴 들에도 봄은 오는가」의 제목을 패러디한 영화! 일제 강점기 상황과 독립운동을 다룬 역사물인데, 1000만 관객을 넘긴 화제작이었다.

"혹시, 봤어?"

"아니."

"보다 보면 다 아는 얘기인데도 화나서 혈압 오른대. 저혈압에 좋지 않을까?"

일제가 저지른 만행을 보며 거꾸로 치솟는 피로 저혈압 증상을 완화해 보라고? 농담인 척 진담인 듯, 건우는 제법 진지한 표정이었다. 얘 보기보다 독특한 캐릭터잖아? 나는 책상에서 몸을 일으켰다.

"네가 필기한 거 보여 줬으니까, 표는 내가 살게."

"은혜를 갚겠다는 거야?"

"오는 게 있으면 가는 것도 있어야지."

"그게 전부야?"

뱉고 나니 제법 도발적인 대사다. 미쳤나 봐, 차온화. 어쩌라고, 사랑 고백이라도 하라고? 아무렇지도 않은 척 먼 곳을 보며 의자에 몸을 기댔다. 약간 어지럽고 메스껍고 눈앞이 아찔하고, 기분이 이상했다.

"빼앗긴 들에도 봄은 오는가, 빼앗긴 들에도 봄은 온다… 어쩐지 막 운명 같고 재미있잖아. 이 기회에 보면 좋을 거 같아서."

운명이라, 운명! 3교시와 4교시 사이에 듣는 사랑 고백인가 착각을 시작하려는 찰나, 건우가 진심을 고백했다.

"사실은, 같이 볼 사람이 없어서 그래. 친구들은 이미 다 가족들이랑 봤거든. 우리 부모님이랑 누나는 시간 없다고, 나중에 OTT로 본다 그러고."

그럼 그렇지. 동네 친목용 오픈 채팅방에 '저랑 같이 삼겹살 먹으러 가실 분? 전 고깃집에 혼자 가는 용자가 아니라서요' 하고 메시지를 올리듯, 서건우는 영화관에 같이 갈 1인을 구하는 중이었다. 곧 1200만 명을 돌파한다는 영화인데 주변에서 안 본 사람을 찾기가 쉽지는 않겠지. 상영관은 어둡고 답답해서 싫다며 OTT만 고집하는 한별이도 부모님과 함께 영화관에 다녀왔을 정도니까.

이번 기회에 영화관 혼자 가기에 도전해 보든가, 하고 대답하면 건우는 교실 창문을 뚫고 운동장 구석, 철봉 근처까지 튕겨 나갈지도 몰랐다. 어떻게 할까 잠시 잠깐 고민했으나 마음 가는 대로 흘러가 보기로 결정했다.

"그래, 좋아. 나도 그 영화 궁금했어."

"고마워! 내일모레 어때? 저녁 6시쯤."

내일모레는 아빠의 기일이다. 그날 뭘 어떻게 할지, 뭘 어떻게 하기는 할 예정인지 아무런 말도 없는 엄마. 불성실하게나마 배달을 해 주던 아빠도 없이 혼자서 피자 가게를 꾸려 가느라 정신이 없다. 밤늦게 돌아오면 방에 쓰러져 잠들고, 일주일에 하루뿐인 휴일에는 보배아파트 집회에 나가고. 엄마랑 대화다운 대화를 나눠 본 게 언제더라. 나 혼자 집에 처박혀 메시지 보관함이나 들여다보다간, 허공에 대고 소리를 꽥 지르거나 아빠 귀신이라도 찾아내 잡담을 시도할지도 몰랐다. 정말이지 그러기는 싫었다.

"응, 그때 괜찮아."

건우와 영화를 보러 간다고 하자, 한별이는 아이스크림을 먹다 말고 "뭐!" 하고 외쳤다. 점심시간, 별관 근처 화단의 벤치. 수국과 백합, 해바라기 등등이 만발한 꽃밭에서는 아이스크림의 바닐라 향과는 비할 수 없이 깊은 향기가 났다.

"뭐야, 썸이야?"

"숙제라니까."

"그럼, 연애야?"

"사람 일 모르는 거지."

썸이 아니라는데도 한 단계 높여서 연애로 넘어가는 한별이의 도약력에 자포자기한 나는, 그 힘찬 설레발을 방관하는 쪽으로 방향을 잡고 설렁설렁 장단을 맞췄다. 우리는 가벼운 썸조차 겪어 본 적 없는 모태 솔로였다. 한별이는 대학 합격 뒤로 연애를 미루어 둔 계획적 모범생이었으나, 단짝의 로맨스를 관람 거부할 만큼 인생을 재미없게 사는 애는 아니었다.

"차온화가 짝꿍 서건우랑 단둘이 영화를 보러 가기로 했다는 거지."

한별이는 요점 정리를 하더니 녹아 가는 아이스크림을 한 입 크게 베어 물었다. 그러고는 입가에 크림을 묻힌 채 눈물을 글썽거렸다.

"야아, 김한별, 왜 그래! 너도 같이 갈래? 그 영화 또 보고 싶다고 했잖아. 같이 가자, 응?"

당황한 나는 한별이가 소외감에 서글퍼져서 그러는 줄 알고 달래려 들었다. 그러자 한별이는 내 손을 뿌리치며 아이스크림을 두 입 만에 해치우더니 손등으로 눈물을 문질러 닦았다.

"내가 눈치 없이 거길 왜 끼냐. 그게 아니라, 감회가 새로워서 그래."

"무슨 감회가 새롭기까지 해?"

"이제 너한테 기분 좋은 일이 생기려나 싶어서. 가끔 너, 얼마나 슬픈 얼굴을 하고 있는지 알아?"

내가, 슬픈 얼굴을? 일을 마치고 집으로 돌아오면 센서 등이 켜졌다가 꺼지고 다시 켜졌다가 꺼지는 동안 신발을 신은 채 현관에 우두커니 서 있는 엄마처럼? 그런 엄마를 문틈으로 내다보다가 소리 없이 문을 닫는 날들.

"몰랐지, 난. 오늘부터 거울 열심히 볼게."

"거울 보지 말고 영화를 봐. 주인공 설희가 완전 멋지단 말이야. 진짜 나도 한 번 더 봐? 서건우 걔 감시도 할 겸?"

"숙제 검사도 아니고 무슨 감시를 해."

"그냥 해 본 말이니까 각 세우지 말고."

그때, 거짓말처럼 서건우가 나타났다. 화단으로 굴러온 축구공을 가지러 바람결에 머리카락을 휘날리면서. 풍향과 풍속이 좀 더 끈기 있게 도와줬다면 볼 만한 그림이 나왔겠지만, 심술궂은 바람이 한순간 거세진 탓에 건우 머리는 어수선한 산발이 됐다. 반 애들 단톡방에 비집고 들어온 담임 쌤처럼 부적절한 깜짝 등장에 놀란 내 몸이 움찔했다. 한별이는 그 몸짓 한 번으로 산발남의 정체를 알아차렸다.

"쟤야? 걔가?"

나는 제발 한별아, 티 내지 말아 줘, 텔레파시를 보내며 눈썹만 꿈틀거렸다. 한별이는 두 손을 허리에 얹더니 눈을 가느스름하게 뜨고 건우를 위아래로 훑어봤다. 너 내가 두고 보겠어, 경고하듯이. 그렇게 티를 냈는데도 건우는 눈치가 없는지, 아니면 은근히 능구렁이인지, 우리 쪽을 향해 웃어 보이더니 공을 주워서 운동장으로 돌아갔다.

\* \* \*

　영화는 노인이 된 설희가 낡은 상자에서 빛바랜 사진을 꺼내는 장면으로 시작했다. 사진 속에서, 옛날 태극기 앞에 결기를 품고 늘어선 사람들. 카메라가 사진을 파고들자, 시간은 과거로 흘러 사진을 찍으려고 모여든 사람들을 보여 준다. 일제의 핍박이 심해지던 시기에 목숨을 건 거사를 앞두고 유서처럼 남기는 사진이다. 대열의 맨 앞줄 끄트머리, 내 또래 여자를 클로즈업하는 카메라. 시간은 또다시 과거로 흐르고, 어느 양반집 환한 방에 머리를 땋아 댕기를 드린 설희가 오도카니 앉아 있다. 그런 설희가 마땅찮아 혀를 끌끌 차는 중년 남자.

　"계집애가 무슨 큰일을 한다고 나서는 게야? 소원이라고 애원하길래 학교에 보내 준 것부터 실수였지. 헛바람만 잔뜩 들어서는, 패가망신이라도 해야 속이 시원하겠느냐? 쓸데없는 짓 말고 앞가림이나 제대로 하거라!"

　그러자 어린 설희가 아버지를 보며 또렷한 목소리로 대답한다.

　"제 앞가림이나 하라고 하시니, 눈 감고 귀 막고 저 하나만 생각하란 말씀이세요? 제 삶에 제 이야기만 가득하다면 그렇게 허무한 일이 어디 있겠어요? 옆에서 사람들이 울며 흐느끼는데 들여다보기는 해야지요. 무슨 속사정인지 들어는 봐야지요. 전 그렇게 살겠습니다, 아버지."

옆자리 건우가 조그맣게 숨을 들이마셨다. 넓은 상영관의 공기는 관객이 내뿜는 긴장감으로 팽팽했다. 독립운동에 나선 설희가 겪는 고초와 역경을 따라가다 보니 어느새 마지막 장면에 이르렀다. 순국한 동지들의 묘소를 찾은 설희, 그 주름진 얼굴을 클로즈업하다가 서서히 뒤로 빠지는 카메라. 묘소에 빼곡한 무덤 위로 흐르는 엔딩 크레디트.

탄식하고, 훌쩍거리고, 박수를 치는 관객들. 스마트 워치로 혈압과 심박수를 측정해서 SNS에 올리는 사람도 있다. 건우와 나는 엔딩 크레디트가 끝날 때까지 스크린을 바라보다가, 청소하는 직원이 들어오고서야 일어났다.

"이거, 가방에서 떨어졌어."

상영관을 나서는데 건우가 내 팔을 살짝 건드리더니 영화표를 내밀었다. 건우가 발권기에서 미리 뽑아 놨다가 준 거였다. 나는 가방 안주머니에 영화표를 넣고 지퍼를 채웠다.

"저혈압은 어때? 변화가 좀 있는 거 같아?"

복도로 걸어 나가며 건우가 물었다.

"열받아서 머리끝까지 혈압이 오르기는 했는데 그렇다고 체질이 바뀌지는 않겠지."

"이런 영화를 자주 봐야 하나?"

내 현실 인식이 허술했다면 작업 멘트인가 오해했을지도. 그러나 건우는 혈압 올리는 영화 관람과 저혈압 증상 완화의 상관관계를 연구해 보고 싶은지 자못 심각했다.

"근데 배 안 고파? 뭐라도 먹고 갈래?"

"뭐, 그러든가."

한별이와 학원 앞 편의점에서 크림빵과 초코우유를 먹고 네 시간이 지났다. 건우 말대로 배가 고팠고, 뭐라도 먹으며 집에 갈 시간을 늦추고 싶기도 했다. 현관문을 열었는데 엄마가 없으면 쓸쓸할 테고, 있으면 어색하겠지.

영화가 남긴 여운을 되새기며 길거리를 걷다가, 어느 분식점으로 들어갔다. 건우는 돈가스를, 나는 오므라이스를 시켰다. 라면을 먹고 싶었지만 면발과 국물을 너저분하게 흘리며 먹을 게 뻔해서 참았다. 토요일에 우림 언니를 만나기로 했으니 보라 할머니네 집에서 참깨라면 끓여 먹어야지. 김치냉장고에 들어찬 배추김치, 총각김치, 파김치, 갓김치가 맛있어서 김치볶음밥을 해도 맛있고 라면과 곁들여 먹어도 꿀맛이었다.

"저기 있잖아, 예전부터 하고 싶은 말이 있었는데…."

밥을 다 먹어 갈 무렵, 건우가 나를 보며 말했다. 나는 공중에 숟가락을 쳐든 채 굳었다. 예전부터 하고 싶었던 말이 있다고? 이 분위기 뭐지? 설마 지금 여기에서? 이럴 줄 알았으면 좀 더 분위기 있는 데로 고를걸. 야, 잠깐만! 씹던 밥이라도 삼키고 나서!

"저기, 사실은…."

건우가 뜸을 들이는 동안 내 심장은 칙칙거리는 압력솥처럼 압력을 높이며 두근거렸다. 저혈압 증상이 치유되다 못해 고혈압으로 치닫는지 뒷골이 당기고 얼굴에 열이 올랐다.

"사실은, 나도 너처럼 자살 유가족이야."

예상치 못한 고백에 압력솥 추가 홱 젖혀지더니 김이 빠져나왔다. 한참이 지나고 나서야 건우 말을 이해했다. 자살, 유가족. 나도, 너처럼. 달아오른 뺨이 식으면서 귓불이 차가워지고, 심장 박동이 속도를 늦추다가 평소보다 더 느려졌다. 나도, 너처럼···.

"외할아버지가, 나 초등학교 5학년 때였어. 병원에 입원해 계셨는데 옥상 정원에 난간 부서진 데가 있었거든. 거기로 그만···."

쿠웅, 쿵, 쿠쿵— 땅을 뒤흔드는 소리가 머릿속을 점령했다. 초등학교 시절 교실에서, 집에서, 길거리에서 온몸으로 느끼던 진동이 되살아난다. 온몸이 마음속으로 빨려 들어가 저 안쪽, 지하 터널처럼 깊고 어두운 곳으로 떨어져 내린다.

"작년부터 너한테 가서 내 얘기를 하고 싶었는데 못 그랬어. 모르는 애가 갑자기 찾아오면 놀랄 거 같기도 했고, 그렇다고 그런 말을 DM으로 하기도 좀 그렇고. 같은 반에 짝까지 됐을 때 뭐지, 운명인가, 했거든. 그래서 말하는 거야. 나도 내가 왜 이런 말을 하는지 정확히는 모르겠는데, 그냥 내가 좀 나아지고 싶어서 이러는지도 몰라. 아직도 마음속에서 완전히 해결이 안 된 부분이라서."

'제 삶에 제 이야기만 가득하다면 그렇게 허무한 일이 어디 있겠어요?' 영화 속에서 설희는 말했다. 내 삶에 건우의 이야기가 스며들어 번지는 순간이었다.

"우리 할아버지, 신장이 망가져서 투석 받느라 고생하셨는데 그 와중에 할머니가 돌아가셨거든. 더는 버티기 어려우셨나 봐. 두 분이 떠난 뒤에 엄마가 많이 힘들어했어."

"그랬구나."

나는 고개를 끄덕이며 이 말만 했다.

아빠가 떠난 뒤, 많은 사람이 나에게 와서 많은 말을 했고, 그보다 더 많은 사람이 아무 말도 하지 않았다. 글쎄, 어느 쪽이 더 인간적이었는지는 모르겠다. 다만 나는 누군가의 슬픔을 알게 된다면, 충고도 무시도 하지 않겠다고 결심했었다. 그러면서도 이런 날이 오리라고는 예상하지 못했다. 소심한 마음을 분노케 하는 영화를 보고 나서 입술과 귓불이 서늘해지는 사연을 듣게 되리라고는.

동네 이야깃거리가 되고부터, 사람들 눈에 띄지 않으려고 내 나름대로 노력해 왔다. 학년이 올라가서도 새 친구를 사귀지 않고, 책상에 엎드린 채 쉬는 시간을 때우고, 큰 소리로 웃거나 울지 않고. 그러자 다들 내가 보이지 않는 것처럼 굴었다. 쟤는 이제 멀쩡해져서 괜찮다고 속단하거나 아주 망가져서 못쓰게 됐다고 포기하듯이. 나는 한별이와 보라 할머니, 우림 언니 눈에만 보이는 사람이었다. 어떨 때는 엄마마저 나를 보지 못했다. 나도 그랬다. 현관에 멍하니 선 엄마를 문틈으로 훔쳐보다가 돌아서듯, 엄마의 많은 부분을 모르는 척했다. 그런데 이 여름의 문턱에서 서건우가 말한다. '나도, 너처럼, 자살, 유가족…'이라고. 이런 경우는 처음이다. 책상에 웅크린 채 벽을 친 나에게 비좁은 틈으로 영화표를 밀어 넣으며 말을 건 사람은.

"너는 왜…."

여기까지 말하고 건우는 망설였다. '너희 아빠는'이 아닌, '너는'이란 말에 어쩔 수 없이 수긍이 간다. 나와는 무관한 타인처럼 무심하게 방관하던 아빠의 삶이었는데, 아빠의 죽음이 내 삶 한가운데로 들어와 버렸으니 묘한 일이지.

"나도 잘은 모르겠는데 우울증이 심했나 봐."

"그거 되게 힘든 병인 거 같아. 할아버지 돌아가시고 우리 엄마도 우울증 왔는데 요즘도 약 드셔. 너희 아빠는 왜 우울증이 생기셨던 거야?"

내가 아무 대답도 하지 못하자, 건우는 너무 꼬치꼬치 캐물어서 미안하다고 사과했다. 나는 고개를 저으며 그게 아니라고 대답했다. 정말 그게 아니었다. 아빠가 왜 우울증을 앓았는지 나도 몰랐다. 왜 이제껏 그 이유를 궁금해하지 않았지? 옆에서 사람이 울고 있는데, 죽을 만큼 아파했는데, 왜 난 아무것도 몰랐지? 왜 한번 들여다보지도 않은 거야? 아빠의 이야기가 궁금했다. 내 이야기로 가득하던 삶에 불쑥 끼어든 이야기를 듣고 싶었다. 그런데 그 이야기를 들려줄 아빠가 없었다. 너무 늦었다는 생각에 가슴이 무너졌다.

밥을 다 먹자, 건우가 지갑에서 체크 카드를 꺼냈다. 나는 내가 사겠다고 말했다. 건우가 아니라고, 각자 내자고 했지만 나는 계산대로 가서 건우 몫까지 냈다.

"이러면 내가 영화 보여 준 게 의미가 없어지잖아."

"그건 그거고 이건 이거야. 너한테 부탁할 게 있기도 하고."

"무슨 부탁?"

"조만간 인터뷰 좀 해 줄래? 죽기 전에 마지막으로 남기고 싶은 말, 이게 인터뷰 주제야."

버스 정류장까지 걸어가며 '우리 동네 UCC 공모전'에 관해 설명해 줬다. 경쟁률이 높아지면 곤란하니 너는 참가를 참아 달라는 뻔뻔한 추가 부탁과 함께. 건우는 공모전에는 참가할 생각이 없지만 인터뷰는 재미있을 것 같다고 했다.

마을버스에서 내려 집으로 걸어가는 길, 토끼김밥 앞에서 멈춰 섰다. 밤 9시가 다 돼 가는데 김밥집에 혼자 앉아 밥을 먹는 아이가 보인다. 이삿짐 트럭이 세워진 2동 앞에서 자기 그림자를 밟고 있던 애였다.

유리창 너머로 내 시선을 느꼈는지 걔가 길가 쪽을 봤다. 눈이 마주치자 나도 모르게 손을 살짝 들어 알은척했다. 여자애는 눈을 토끼처럼 동그랗게 뜨고 나를 빤히 보더니 미소를 짓기는 천만에, 고개를 푹 숙였다. 나는 무안해져서 손을 내리고 가던 길이나 갔다. 안 하던 짓을 하다가 망신당했잖아, 어이없어하면서. 하기는, 쟤도 저 사람은 누군데 친한 척인가 싶어서 어이가 없었겠지.

초등학교 시절, 나도 혼자 저녁밥을 사 먹을 때가 있었다. 그때는 부모님 모두 회사에 다녔는데 퇴근이 늦었고 주말에도 출근이 잦았다. 물론 피자 가게를 열고 나서는 귀가 시간이 더 늦어졌고 주말과 공휴일에 쉬는 일이라고는 결단코 없게 됐지만. 어릴 때, 보라 할머니조차 나를 챙겨 주지 못하는 날이면 엄마가 돈을 넣어 둔 체크 카드를 가지고 나가서 돈가스나 오므라이스, 라면을 사 먹었다. 다른 애들은 가끔 먹는 음식을 난 실컷 먹으니 이 얼마나 멋진 인생인가 생각하면서. 그때 누가 가게 밖에서 나를 봤다면 나도 2동 여자애 같은 표정이었을까? 소금 친 돌멩이를 씹어 먹는 표정이던걸. 토끼김밥이 그렇게 맛없는 데가 아닌데 말이다.

보배아파트의 엘리베이터가 불안스레 덜컹거리며 올라가는 동안 집에 엄마가 있을지 없을지 가늠해 본다. 오늘이 무슨 날인지 잊지는 않았을 테니 일찍 들어왔겠지. 그러는 나는 평소보다 더 늦었다. 드라마를 보면 고인이 생전에 좋아하던 음식으로 제사상을 차리기도 하던데 나라도 준비할 걸 그랬나. 엘리베이터에서 내려 복도를 따라 걸어가며 아빠가 좋아한 음식이 무엇인지 생각했다. 술? 미지근한 소주와 차가운 맥주? 하지만 좋아하는 음식을 먹으면 잠깐이라도 행복한 기분이 들어야 할 텐데, 술 취한 아빠가 행복해 보인 적은 없었다. 원래는 잘 마시지도 못하던 술이다.

현관문 비밀번호를 누르는 동안 다른 음식이 생각났다. 피자. 아빠가 피자를 좋아해서 연 피자 가게잖아.

문을 열었다. 식탁에 종류별로 차려진 피자 대신, 어둠과 정적이 나를 맞이했다. 한발 늦게 켜진 센서 등이 텅 빈 집을 제 능력만큼 밝혔다. 그 정도로도 엄마가 없다는 사실을 확인하기에는 충분했다.

가방을 내려놓고, 옷을 갈아입고, 손발을 씻었다. 그러고는 할 일이 없어서 식탁 앞에 앉았다가 벌떡 일어났다. 발코니로 나가서 벽에 붙은 창고 문을 열었다. 아빠 물건을 쓸어 담아 놓은 상자가 구석에 있었다. 상자를 꺼내서 그 안을 뒤졌다. 온갖 물건이 허접 쓰레기에 잡동사니처럼 뒤섞여 있지만 이게 다 유품이다. 아빠 이야기가 담긴 물건이 하나쯤은 있겠지.

먼지와 곰팡내를 참으며 상자를 뒤진 끝에 몇 가지를 골라냈다. 먼저, 클립으로 묶어 둔 이혼 서류. 서류에 아빠 서명만 있다는 점이 새롭고도 흥미로웠다. 그리고 유통 기한이 2년 지난 콘돔. 열 개짜리라는데 하나만 썼다. 도대체 이런 건 왜 안 버리고 놔둔 거야? 내복약이 17회분. 약 봉투에 적힌 설명을 보니 항불안제와 항우울제. 한마디로, 우울증 약이다. 세 가지 단서로 유추해 보자면, 엄마와 아빠는 사이좋은 부부가 아니었으며 아빠는 우울증 환자였다? 그쯤은 나도 안다. 한숨을 내쉬고는 높이가 조절되는 휴대폰 거치대만 챙겼다. 인터뷰할 때 써야지.

잠깐만, 거치대만 있고 휴대폰은 어디 갔지? 만약 나라는 사람을 알고 싶다면, 내 생각과 정보와 감정과 일생의 겉면이라도 훑어보고 싶다면, 휴대폰을 확인하면 된다. 아빠도 그럴 것이다. 그런데 상자에는 아빠 휴대폰이 없었다. 아빠가 옥상에서 신발 옆에 두었던, 엄마가 장례식장에서 보여 줬던 휴대폰 말이다.

안방, 거실, 부엌, 내 방과 화장실까지 뒤졌다. 안방 화장대와 옷장은 물론이고 냉장고와 싱크대 찬장, 변기 물탱크와 신발장까지 헤집있는데도 아빠 휴대폰은 나오지 않았다.

엄마 휴대폰으로 전화를 걸자 안 받아서, 피자 가게로 걸었다.

"네, 감사합니다. 몽글피자입니다."

"엄마!"

소리치듯 부르자 엄마가 한 옥타브 내려간 목소리로 대답했다.

"왜? 엄마 바빠."

"지금 어디야?"

아빠 기일인데 집에 안 오고 뭐 해, 하는 뜻으로 한 말인데 바보도 이런 바보가 없다. 피자 가게로 전화를 걸어 놓고는 지금 어디냐니.

"일하는 중이잖아."

엄마는 근래 구경하기 힘들었던 참을성을 발휘한다. 오늘이 무슨 날인지 알기는 아는 모양이다.

"나 궁금한 거 있어."

"이따가 집에 가면 물어봐."

"늦게 올 거잖아. 아빠 말이야, 우울증은 왜 걸린 거야?"

"뭐?"

당황했는지 흔들리는 목소리. 장례를 마치자 우리는 약속이나 한 듯 아빠를 외면했다. 남편, 아빠, 가족, 그런 단어가 세상에서 지워진 척했다.

"갑자기 그런 건 왜 물어봐?"

"궁금하니까 묻지. 아빠 왜 그렇게 된 거야?"

"그건…."

내 느낌인지는 몰라도 엄마는 망설였다. 마치 말해 줄까 말까, 고민이라도 하듯이.

계산대 포스에서 울리는 '주문이에요, 주문!' 소리가 들려왔다. 만성 피로로 엄마의 입맛을 앗아 가고 손가락과 손목 관절과 어깨, 허리 근육에 통증을 떠안겼으며 별 한 개나 두 개짜리 후기라도 뜨는 날에는 초상집 분위기를 만드는 저놈의 주문. 가게 임대료와 집 대출금과 내 학원비를 제공하는 주문이에요, 주문! 잠깐만 좀 있어 봐. 엄마가 진실을 말할 수 있게 기다려 달라고!

"모든 병에 뚜렷한 원인이 있겠니? 있다 해도 그걸 사람이 다 알 수는 없어. 암 환자한테 가서 왜 암에 걸린 거죠, 물어본다고 똑 떨어지는 답을 듣겠어? 뺨이나 안 맞으면 다행이지."

안 그래도 마음 뒤숭숭한 날에 전화 걸어서 속 뒤집는 질문이

나 하는 내 뺨을 치고 싶다는 뜻일까.

"아빠 휴대폰은 어딨어?"

"휴대폰? 창고에 상자 봐. 거기 있겠지."

"봤는데 없어."

"어디 다른 데 있겠지."

"다른 데도 없어."

"그럼 나도 모르겠네. 모르고 버렸나?"

뽀스가 '주문이에요, 주문!'이라며 재촉했고, '말해 주지 않는다'를 선택한 엄마는 바쁘다며 전화를 끊었다.

2장. 인터뷰

5

 

토요일 아침, 일어나자마자 양치질과 세수만 하고 위층으로 올라갔다. 오늘은 일주일 동안 찍은 인터뷰 영상을 함께 보고 의견을 나누는 날이다. 우림 언니는 푸석푸석한 얼굴에 부은 눈두덩을 하고는 문을 열어 줬다.

"언니, 울었어?"

신발을 벗고 안으로 들어가서 물었다. 집은 시원하고 어두컴컴했다. 공식적으로는 빈집이기 때문에 우림 언니는 커튼을 꽁꽁 쳐 두고, 현관문으로 드나들 때도 어설픈 도둑처럼 주변을 살핀다. 그래 봤자 전기와 수도 계량기의 숫자는 착실히 올라가는 중이지만.

"아니, 어젯밤에 술 마셔서 그래."

"술? 왜?"

그러고 보니 개수대 안에 쓰러져 있는 빈 맥주 캔이 두 개. 내가 알기로 언니 주량은 맥주 반 캔이다.

"그냥 외롭고 쓸쓸해서."

"나 부르지. 나도 어제 심심했는데."

"시스터, 무료함과 고독은 다른 거야. 20대의 고독을 파릇파릇한 10대에게 전가하고 싶지는 않구나."

나는 재작년까지만 해도 학교 앞 분식점에서 소떡소떡을 사 먹으며 치약 얼룩이 묻은 교복에 고추장 양념을 더하던 만 20세, 세는 나이로 쳐 봤자 스물한 살인 장우림 씨의 겉멋 든 대사 따위는 무시하고 냉장고 문을 열었다. 보리차가 담긴 병을 꺼내서 주둥이에 입을 대지 않고 물을 마신다.

"배 안 고파? 김치볶음밥 할까?"

"그러지 말고 치킨 먹자. 간장 양념 땡겨. 넌 프라이드지? 반반으로 시킬게."

내 대답은 듣지도 않고 배달 앱을 여는 우림 언니에게 말했다.

"우리 집 주소로 해. 현관문 앞에 놓고 가는 걸로. 빈집에 배달 오면 이상하잖아."

"그렇네, 섬세하기는. 크게 될 녀석이야."

오전 10시라지만 토요일이니까 주문을 열어 둔 가게가 있겠지. 술 약한 언니의 해장 음식은 기름진 치킨인가 보다. 몽글피자 단골손님 중에도 치즈를 추가해서 최대한 느끼하게 한 피자로 해장하는 사람이 몇 명 있다. 나도 후기를 보고 알았다. 그런 후기에 엄마는 '고객님, 몽글피자를 애용해 주셔서 감사합니다. 저희 피자를 드시고 속이 편해지셨다니 정말 다행이에요. 앞으로도 많은 이용 부탁드립니다'라는 댓글을 단다. 아빠가 술을 마실 때마다 그렇게 싫어했으면서 말이다. 하기는, 나도 술을 마시면 물에 젖은 휴지처럼 풀리는 아빠 눈빛이 참 싫었다. 아빠는 처음엔 주량이 우림 언니 정도였는데 꾸준히 마시다 보니까 꽤 늘었다. 역시 뭐든 하다 보면 느나 보다.

엄마는 장사 준비를 하고 있을까, 아니면 보배아파트 앞 집회에 참기해 땀 흘리며 졸고 있을까. 엄마가 아빠만큼이나 멀리 있다는 느낌이 들었다. 요즘은 한집에 사는 엄마보다도 이 세상에 없는 아빠 생각을 더 자주 한다. 나처럼 아빠 생각을 골똘히 하는 파릇파릇 10대가 세상에 또 있을까? 나도 내가 이렇게 될 줄은 몰랐다.

치킨은 달고 짜고 느끼하면서도 고소했다. 우림 언니와 나는 간장 양념과 프라이드를 가리지 않고 나눠 먹었다.

"너도 맥주 한번 마셔 볼래? 치킨에 잘 어울려."

"아침부터 해장술이야? 그런 건 주정뱅이들이나 하는 거 같던데."

"넌 어제 술 마시지도 않았잖아. 그리고 맥주 한 모금에 무슨 주정뱅이냐."

분위기는 조성할 대로 조성해 놓고서 언니가 냉장고 채소 칸에서 꺼내 온 맥주는, 무려 알코올 0퍼센트짜리였다. 나는 언니가 내미는 가짜 맥주를 한입 맛봤다. 웩, 맛없어! 우림 언니도 한두 모금 마시더니 괴상한 맛이라고 투덜거리면서 맥주를 개수대에 쏟아부었다.

"언니는 우리 아빠 같은 술꾼이 되면 안 돼. 안 그럴 거지? 적당히 마실 거지?"

"맥주 한 캔에 웬 술꾼? 오버 금지!"

"걱정되니까 그렇지."

"아저씨도 술꾼까지는 아니지 않았어? 네가 진짜 주정뱅이들을 못 봐서 그래."

"언니야말로 부모님네 집으로 들어간 다음에 우리 아빠를 못 봐서 그래. 술 마시고 눈이 게슴츠레해져서 멍하니 앉아만 있고 그랬다고."

우림 언니는 무슨 말인가 하려다가 한 호흡 참더니, 내 앞접시에 바삭바삭하면서도 두툼한 닭 가슴살을 놔 줬다. 우리의 치킨 취향으로 말하자면 나는 가슴살, 언니는 다리 살이다. 그 덕분에 치킨을 먹을 때 신경전은 생략이다.

"그래, 시스터. 내가 다 알지는 못하겠지. 각자 자기만의 터널이 있는 법이니까."

언니 말대로 언제부터인가, 나도 내 마음속 깊은 곳에 긴 터널이 있다는 사실을 알게 됐다. 보배아파트와 새별중 밑을 지나가는 터널이 완공되기 전부터, 훨씬 더 이전부터 내 안에 있었는지도 모른다. 나에게 있다면, 아빠에게도 있었을 것이다. 엄마에게도, 우림 언니에게도.

"언니, 언니도 아빠가 싫었어?"

"너만 할 때? 당연히 싫었지. 엄마 아빠도 내가 딸만 아니면 무인도 같은 데 갖다 버리고 왔을걸? 우리 아빠가 좀 욱하는 성격인데, 그 성격이 오빠한테 간 거 같아서 더 싫었어. 은근히 오빠를 싸고돌아서 화도 났고. 따지고 보면 내가 오빠 때문에 할머니네 집으로 쫓겨난 거나 마찬가지잖아. 지각은 표면적인 문제고 그 안에 진짜 문제가 있었어. 난 이 집에서 내 세상 만나서 편하고 행복했지만 그렇다고 해서 사실이 달라지는 건 아니야. 엄마랑 아빠가 집에 데리고 있을 자식으로 맏이를 선택하고 막내는 내보낸 거지. 난 그렇게 본다, 이제 와선 유감도 원망도 없이."

"요즘은 어때?"

"요즘은 말이야, 아빠가 의심스러워."

잉? 회사에 다녀 보니까 아빠가 다르게 보이더라, 난 반년으로도 이렇게 힘든데 아빠는 어떻게 30년을 버텼을까 싶어서 존경스럽다, 뭐 이런 전개가 일반적이지 않나?

"혹시 회사에서 누구 괴롭히고 그러는 거 아닌가 의심스러워. 누가 난리 치는데도 방관했을지도 모르고. 나 못살게 군 사람들, 처음엔 평범하고 멀쩡해 보였어. 자기들끼리는 또 얼마나 친했는데. 집에 가면 좋은 부모, 착한 자식일걸?"

"언니이."

"알아, 좀 멀리 나갔다는 거. 그래서 의심이라고 하잖아, 확신이 아니라. 사람 겉으로 봐선 모르겠다는 얘기지. 나도 내가 사람들 말 한마디, 눈빛 한 번에 그렇게 괴로워할 줄 몰랐어. 나도 내가 그런 사람인 줄 몰랐다고. 그런데 그거 아니, 시스터?"

우림 언니는 치킨 기름으로 번들거리는 오른손 집게손가락을 허공에 느낌표처럼 쳐든 채 말했다.

"우리는 누구나 그런 사람이라는 거."

그러더니 어깨를 으쓱하고는 남은 닭 다리 하나를 마저 먹었다. 나도 닭 가슴살을 한 조각 더 가져온다.

"아빠가 내 편 들어 줬으면 나도 이런 생각까진 안 했지. 회사에서 당한 얘기 하니까 벌컥 화를 내는 거야. 그러게 학교나 다니지 왜 시키지도 않은 알바는 해 가지고 못 볼 꼴이나 보고. 누가 계약직에 파견직 대접해 주고 챙겨 주냐면서 당장 관두라는 거야. 학교 체질이 아닌 거 같아서 사회생활 미리 좀 해 본 게 뭐가 문제야? 나, 돈 더 모아서 독립할 거야. 그 거지 같은 회사도 사 버리고."

"집에 가면 좋은 부모일 거라면서."

"우리 아빠는 그마저도 아닌 거지."

"언니, 상담 치료는 받아 봤어?"

"넌 효과 있었어?"

"글쎄, 별로. 1년으로는 안 되고 더 길게 해야 되나 봐."

"실은 나도 몇 번 받아 봤는데 자꾸 내 어린 시절을 파고드는 거야. 난 지금 심정을 얘기하고 싶은데. 내가 부모님이 아니라 할머니랑 산 것도 문제였다는 식으로 끌고 가고. 상담도 상담사랑 케미가 잘 맞아야 되는 모양이더라? 나중에 다른 사람 찾아보려고. 사이다 더 마실래?"

"응."

탄산이 터지는 사이다를 마시면서, 아빠의 휴대폰을 화제에 올렸다. 찾고 싶은데 어디 있는지 모르겠다고 했더니 언니는 피자 가게를 뒤져 보라고 조언했다. 피자 가게, 그 생각을 못 했네. 조만간 가 봐야겠다.

식탁을 정리하고 휴대폰으로 찍어 온 인터뷰 영상을 재생했다. 내가 한 인터뷰 1번은 당연히, 한별이었다.

"죽기 전에 하고 싶은 말? 유언 같은 거야?"
"비슷해. 내일 죽는다면 무슨 말을 마지막으로 남기고 싶을까, 그런 거."
"나 내일 죽어?"
"죽긴 왜 죽어! 상황 설정이지."
"알아. 아는데도 어쩐지 눈물 나려 그래. 나 오래 살고 싶은데."
"이거 하지 말까?"
"아니야, 기다려 봐. 생각 좀 해 보고."
"공백 부분은 편집할 거니까 편하게 말해. 한 사람당 10초에서 20초쯤

쓸 거 같아. 더 짧을 수도 있고."

"한마디만 해야 하는 거 아니지? 길게 말해도 되지?"

"응."

"그럼 일단, 가족이랑 친구들한테 고맙다고 할래. 나랑 있어 주고 놀아 주고 얘기해 줘서 고마웠다고. 미안했단 말도 할래. 오해하고 삐지고 싸우고 욕한 거 미안하거든. 엄마한텐 내 립스틱 가지라고 할 거야. 색 예쁘다고 어디에서 샀냐고 물어봤는데, 나랑 똑같은 거 살까 봐 대답 안 했어. 오늘 가서 알려 줘야지. 아빠한텐 통장에 모아 둔 돈 주고 갈 거야. 그걸로 엄마랑 맛있는 거 먹으라고. 찍고 있는 거야? 계속 말하면 돼?"

"찍고 있어. 계속 말해."

"동생한테는… 말했었지, 여동생 있었는데 며칠 못 살고 떠났다고."

"그래, 은별이. 알아."

"은별이한테는, 심심해도 조금만 기다리라고, 하룻밤만 자고 나면 내가 가서 놀아 줄게, 그럴 거 같아. 아, 어떡해. 눈물 나."

"잠깐 멈출까?"

"아니, 할 말 더 있어. 엄마랑 어젯밤에 〈빼앗긴 들에도 봄은 온다〉 또 보고 왔거든? 처음 봤을 땐 엄청 화났는데 두 번째 보니까 가슴이 막 웅장해지는 거야. 그래서 마지막으로 이 말도 남기고 싶어."

"뭔데?"

"대한 독립 만세!"

"내가 정말 김한별 때문에 미쳐."

"근데 내 이름이랑 나이랑 사는 곳, 그런 거 남겨 놔야 되는 거 아니야? 나중에 자막 달려면."

"내가 다 알잖아."

"그래도 정식으로 해야지. 지금 말한다? 저는 자목련동에 사는 새별중 3학년 김한별입니다. 제가 이 세상을 떠나기 전에 남기고 싶은 말은 앞부분을 참고해 주세요!"

우림 언니가 옷을 갈아입는 동안 나는 집에 가서 휴대폰 거치대를 가져왔다. 한별이 때는 쓰지 않았는데, 오늘은 쓸모가 있을지도. 집을 나와 계단으로 올라가자, 시무룩한 표정으로 엘리베이터 앞에 서 있는 장우림 씨. '보라 옷 수선집 사장님에게 이르지 마시오'라고 쓴 마스크는 하지 않았지만 모자를 꾹 눌러쓴 채였다.

"시스터, 오늘은 될까?"

"언니 원래 골뎅이형 인간이잖아. 막 들이대 버려."

"인류 혐오증 생긴 골뎅이도 있나? 없을걸. 없을 거야."

"상금 생각하면 할 수 있을 거라더니?"

"마음이야 그렇지. 입이 안 떨어지는 걸 어떡해."

한별이 인터뷰를 본 언니는 질문자와 답변자가 두루 두서도 없고 체계도 없으나 은근히 심금을 울리는 데가 있다면서 만족스러워했고, 영상을 노트북에 옮겨서 저장해 두었다. 바탕 화면에 '우리 동네 UCC 공모전'이라는 폴더와 '01_김한별'이라는 파일이 생겼다. 그래서 언니가 찍어 온 영상을 보여 달라고 하자 고백하기를, 인터뷰를 못 했다는 것이었다. 밖에 나가 돌아다니기는 했는데 낯선 사람들을 붙잡고 말을 걸 수가 없었다고, 예전에는 잘만 하던 일인데도 엄두가 나지 않는다고 말이다. 입이 풀칠이라도 한 듯 딱 붙어서는 목구멍이 타들어 가고 겨드랑이와 손발에서 땀이 났다고 했다. 내가 반 애들 앞에서 발표할 때 겪는 증상과 정확히 일치했다.

우림 언니에게 같이 나가서 인터뷰 대상을 찾아보자고 설득했다. 한별이를 인터뷰해 보니 예상외로 의욕이 샘솟기도 했고, 실패했다며 좌절한 언니를 보고 있기도 안타까웠다. 사람은 변하게 마련이라지만 엘리베이터 문을 바라보며 돌아선 저 모습은 우림 언니가 의도한 바와는 거리가 멀다.

아파트 단지 안을 한두 바퀴 돌았다. 파란 하늘에 뭉게구름이 흘러가며 이런저런 모양으로 뭉쳤다가 흩어진다. 산들바람이 불어와 이른 무더위를 식혀 줬다. 우림 언니는 양손을 바지 주머니에 꽂은 채 갈 곳 잃은 강아지처럼 길거리를 맴돌았다.

놀이터 앞에서 그 아이를 발견한 사람은 나였다. 2동 화단과 토끼김밥에서 본 여자애. 머리카락이 앞으로 쏟아지도록 몸을 구부리고는 놀이터 바닥을 살펴보고 있었다. 뭘 잃어버린 모양이었다. 계절에 맞지 않는 긴팔 티셔츠 등으로 땀이 배어 나와 얼룩졌다.

"뭐 찾아?"

놀이터 철책 앞으로 다가가 물었다. 저번처럼 처절히 무시당할 각오는 해 두었다.

"아무것도 아니에요."

아이가 내 쪽을 힐끔 보더니 바닥으로 시선을 돌리며 말했다. 그래도 세 번째 본다고 대답은 해 주네.

"폰 잃어버렸어? 아니면 돈? 지갑?"

우림 언니가 물었다. 언니는 아이들을 좋아했고 아이들도 언니를 잘 따랐다.

"휴대폰… 없어졌어요."

아이가 끝으로 갈수록 울먹거리며 대답했다. 그러자 언니가 모자챙을 젖혀 눈을 보여 주며 아이를 바라봤다.

"놀이터에서 잃어버린 거야?"

"그런 거 같은데 잘 모르겠어요."

"전화번호가 뭐야? 어디서 벨 울리나 전화해 볼게."

"아빠가 아무한테도 번호 알려 주지 말라고 했는데…."

"그건 맞는 말씀인데 전화를 걸어야 폰을 찾으니까. 찜찜하면 이따가 통화 목록에서 번호 지울게. 어때, 알려 줄래?"

아이가 눈물과 초조함이 어른거리는 눈으로 우림 언니와 나를 번갈아 봤다. 우림 언니는 섣부른 행동을 삼가고 차분한 자세로 아이의 결정을 기다렸다. 키즈 카페에서 1년 가까이 아르바이트를 해 본 경력자답게 노련했다.

"알려 줄게요."

아이가 철책으로 다가와서 전화번호를 불렀고, 우림 언니는 그 번호를 휴대폰에 입력한 다음 전화를 걸었다. 그와 동시에 벨 소리가 들려왔다. 아주 가까운 곳, 아이가 가슴에 가로질러 멘 가방에서.

"어?! 이게 왜 여기 있지? 아까 다 봤는데…."

몸집에 비해 지나치게 큰 가방을 한참이나 뒤적이더니 저 밑바닥에서 휴대폰을 발굴해 낸 아이가 중얼거렸다. 안도와 머쓱함이 뒤섞인 목소리였다.

"나도 맨날 그래. 폰 없어졌다고 죄다 뒤집어엎고 난리 나. 온화 너도 그렇지?"

"맨날 그러지. 하루에 열두 번쯤."

"언니 이름이, 온화예요? 특이하다."

두툼한 연푸른색 케이스를 씌운 휴대폰을 손에 꼭 쥔 아이가 나를 보며 말했다. 무시에서 언니로 신분 상승이라니, 얘 휴대폰 찾아서 신났나 보네.

"응, 온화야. 차온화. 너는?"

"진다솔이에요. 5학년이고요, 저기 2동으로 이사 왔어요. 우리 본 적 있죠? 언니도 여기 살아요?"

"1동 살아. 이 언니는 우리 집 위층에 살고."

언니 거처는 보안 사항인가, 싶어서 우림 언니를 살폈지만 언니는 다솔이를 보느라 나는 안중에도 없었다. 함께 사는 가족보다 새로운 사람에게 더 크게 꼬리를 휘젓는 괘씸한 골뎅이 같은 행동이랄까.

"반가워, 다솔아. 내 이름은 장우림이야."

"열대 우림 할 때 그 우림이에요?"

"나도 내가 열대 우림 할 때 우림이면 좋겠는데, 그냥 별 의미 없는 한자 조합이야. 넌 소나무가 많다는 뜻이야?"

"네, 낳을 다에다가 소나무 솔인데 솔은 한자 아니에요. 언니는요? 온화한 미소 할 때 그 온화예요?"

"뭐 뜻은 그래. 따뜻하고 화목하다, 그런 거."

성불한 부처님이나 꽃봉오리를 여는 한봄의 날씨처럼 온화한 웃음을 지으려고 시도했으나 음흉해 보이지나 않으면 성공이었다. 웃으려고 작정하면 광대 부근이 뻐근해져서 말이지. 얼굴 근육이 유연한 한별이와는 체질이 다르다.

"저기, 다솔아. 혹시 인터뷰 잠깐 해 줄 수 있을까?"

"언니?"

내가 당황해서 끼어들었다. 초등학교 5학년한테 죽기 전 마지막으로 남기고 싶은 말을 물어보겠다고? 아, 언니. 왜 모 아니면 도야. 중간을 찾자. 무난하고 평균적인 중간을!

"무슨 인터뷴데요?"

인터뷰란 말에 다솔이가 호기심을 보였다. 이미 담요 위로 던진

윷가락이었다. 이렇게 된 거, 도는 나오지 마라.

"죽기 전에 마지막으로 하고 싶은 말이 뭔지 듣고 싶어서. 네가 오늘이나 내일 죽는다면 무슨 말을 남길까, 자유롭게 답하면 돼. 행성시에서 주최하는 UCC 공모전에 낼 거거든? 얼굴 나오는 거 싫으면 목 아랫부분을 잡을게. 이름도 안 밝히고."

다솔이가 우림 언니를 빤히 올려다봤다. 저 겨우 열두 살인데 그런 거 막 물어보고 그래도 되나요, 하는 말이 나오면 뭐라고 대답하지? 아빠에 관해 질문하는 기자 언니에게 나는 비슷한 말을 했다. 중학생한테 그런 거 물어봐도 되냐고.

"저 엄마 없는데… 그래도 괜찮아요? 인터뷰요."

예상치 못한 반응이었다.

"당연히 괜찮지. 그게 왜 걱정돼?"

우림 언니보다 먼저, 내가 물었다.

"그냥, 제가 끼면 싫어하는 사람들도 있어서…"

다솔이는 고개를 숙이더니 휴대폰 쥔 손을 꼼지락거렸다. 나는 다솔이의 말에 담긴 뜻을 알아차렸다. 아빠의 죽음이 동네에 소문나고 나서, 나를 피하거나 뒤에서 수군대거나 아예 노골적으로 설교를 늘어놓는 사람들이 있었다. 자살 유전자란 게 있다던데 너도 조심하라든지, 그런 환경에서 가정 교육은 제대로 받았겠느냐며 재랑 어울리지 말라든지. 작년에 같은 반이었던 한 아이는 자기 할아버지가 우리 아빠를 꿈에서 봤다고, 지옥에 떨어져 고통받고 있더라고 했다. 교회에서 자살은 죄악이라고 배웠다나? 엄마에게 이 말을 전하자, 양치질하던 엄마는 "아무 때나 입 함부로 놀리는 건 죄가 아니래?" 하더니 치약 거품을 세면대에 퉤, 뱉었다. 거품에 피가 섞여 나왔다.

"그런 거 신경 쓰지 마. 난 아빠가 없는걸?"

"처음부터요?"

"그건 아니고, 1년 전부터."

"그렇구나. 전 처음부터 없었어요. 아빠가 시원찮아서 엄마가 떠났대요."

"아빠가 그러서?"

"네. 전 어릴 때 저 혼자 알에서 태어난 줄 알았어요. 그래서 달걀 안 먹는다고 울고 그랬어요. 나중에 그게 아니란 걸 알았지만."

다솔이 말에 우림 언니와 내가 웃어 버렸다. 우리를 따라 웃다 보니 다솔이도 어느새 좀 편안해진 느낌이었다.

"그냥 지금 하고 싶은 말로 해도 돼요? 어차피 언제 죽을지 모르는데 그때 이런 말 하고 싶겠지, 하고 상상해서 말하는 거잖아요."

"좋지, 괜찮지. 다솔이는 그걸로 하자. 지금 당장 하고 싶은 말로."

다솔이의 제안에 우림 언니가 맞장구쳤다.

다솔이는 철책을 돌아 놀이터 밖으로 나오더니 벤치에 앉았다.

가방을 풀어 옆에 두고 땀에 젖은 머리카락을 손가락으로 빗어 다듬는다. 내가 거치대 길이를 늘여서 땅에 놓자, 우림 언니가 거기에 휴대폰을 고정시켰다. 다솔이는 "흠흠" 하고 목청을 다듬더니 지금 하고 싶은 말을 시작했다.

"엄마, 안녕하세요. 저 다솔이에요."

우림 언니의 어깨에 힘이 들어갔다. 생각지 못한 전개에 놀라기는 나도 마찬가지였다. 다솔이가 우리 눈치를 살폈고, 우림 언니는 잘하고 있다며 엄지손가락을 들어 보였다.

"많을 다에 소나무 솔, 엄마가 지어 주고 간 이름이잖아요. 엄마가 소나무 좋아했다는 거, 아빠한테 들었어요. 잘 지내고 계세요? 전 2학년 때까진 엄마가 보고 싶어서 울고 그랬는데요, 이젠 괜찮아요. 울지도 않고 잠도 잘 자고 밥도 잘 먹어요. 집에서 혼자 먹는 건 싫은데 토끼김밥 가면 다른 사람들이 있으니까 괜찮아요. 엄마도 밥 잘 먹고 잠도 잘 자고 그랬으면 좋겠어요. 지금 제 얼굴 보면 잊지 말고 기억해 주세요, 엄마. 나중에 우리가 만났을 때 제가 엄마를 못 알아봐도 엄마가 절 알아보면 되니까요."

그러고서 다솔이는 한참 동안 카메라를 바라봤다. 10초는 지났을 무렵, 혀를 쏙 내밀며 "더는 생각이 안 나요" 했다. 우림 언니가 "컷!" 하고 외치더니 촬영을 멈췄다.

"이거, 공모전에 낸다고 했죠? 상 타면 인터넷에 올라가서 사람들이 보고 그러겠죠?"

"그렇겠지. 영상 완성되면 다솔이한테 먼저 보내 줄게."

다솔이가 고개를 끄덕이더니 땀에 젖은 손을 내밀었다. 이마에도 땀방울이 맺혔다. 그 펼친 손 위에 우림 언니가 휴대폰을 올려놓자, 다솔이는 통화 목록으로 들어가 자기 번호를 찾았다. 잠시 뒤 휴대폰이 돌아왔을 때, 30분 전의 낯선 번호는 '진다솔'이란 이름으로 저장돼 있었다.

다솔이 휴대폰을 찾아 줬으니, 아빠 휴대폰을 찾을 차례였다. 나는 가게에서 찾아보라던 우림 언니의 조언을 되새기고 몽글피자로 갔다.

유리문 너머로 엄마 뒷모습과 이모 옆모습이 보인다. 이모는 몇 달 전부터 바쁠 때마다 일을 도와주러 오는 분이다. 엄마가 이모라고 부르라 해서 그렇게 한다.

"안녕하세요."

문을 열고 안으로 들어가면서 이모에게 인사했다.

"어머, 온화구나. 오랜만에 왔네?"

이모 말에 엄마가 뒤를 돌아봤다. 오늘 아침의 우림 언니처럼 퀭한 눈과 부르튼 입술. 엄마도 어젯밤 외롭고 쓸쓸해서 술이라도 마셨는지. 엄마와 아빠가 시간차를 두고 각자 따로 마시지 않고 함께 술잔을 부딪치며 건배라도 했다면 아빠는 덜 우울했을까? 엄마가 다시 몸을 돌리더니 도우에 손질한 채소를 얹는다.

"피자 먹고 싶어서 왔어? 불고기피자 작게 한 판 구워 줄까?"

"아, 아뇨. 괜찮아요. 저 뭐 좀 찾을 게 있어서 왔어요. 그것만 찾아보고 갈게요."

"그럴래? 뭐 놓고 간 모양이네."

배달 기사가 들어왔고, 포스에서 '주문이에요, 주문!' 소리가 울렸다. 이모는 기사에게 배달할 피자를 건네고 주문을 확인하느라 분주해졌다. 나는 그 틈을 타서 수색에 돌입했다. 테이블에 놓인 플라스틱 바구니, 테이블 아래 상자와 옆 선반, 계산대 주변… 주방을 지나 구석에 딸린 창고로 향했다. 불을 안 켜고 들어와서 문가로 되돌아가려는데 팟, 하는 느낌과 함께 지나치게 밝다 싶은 형광등이 켜졌다. 엄마였다.

"한창 바쁠 때 와선 뭘 찾는다는 거야?"

엄마가 밀가루 묻은 손을 앞치마에 문지르며 말했다. 형광등 불빛 아래 엄마의 안색이 밀가루라도 뿌린 듯 파리하고 창백했다. 아빠가 떠난 그날처럼.

"아빠 휴대폰. 집에 없으니까 여기 있나 해서."

"여기 없어."

나는 엄마 말에 아랑곳하지 않고 창고에 쌓인 토마토소스와 양파 자루, 올리브 통조림과 옥수수 통조림 사이를 들여다봤다.

"엄마 말 안 들리니? 여기 없다니까?"

엄마는 이모에게 들리지 않도록 목소리를 낮추어 짜증을 부리더니, 창고 안으로 들어와 문을 닫았다.

"어딨는지 모르겠다면서 여기 없는 건 어떻게 알아?"

"그건 알아. 여기 없어."

"찾아볼게. 한번 찾아본다고."

그러자 엄마가 입을 꾹 다물더니 스위치를 눌러서 불을 껐다. 창고 안이 캄캄해졌다. 온 도시가 정전된 날의 지하 터널처럼. 엄마, 이런 식으로 유치하게 나오기야? 나는 헛웃음을 뱉고는 바지 주머니에서 휴대폰을 꺼냈다. 그런데 배터리가 나갔는지 폰이 꺼져 있었다. 이 고물, 하필이면 이럴 때 꼭 이러지

"차온화! 그만하고 집에 가. 엄마 바빠."

"도와주지 않을 거면 방해는 마시죠, 민혜림 사장님."

최선을 다해 비꼬고 빈정거렸다. 나를 어둠 속에 두는 엄마를 상처 주고 싶었다. 이렇게 어두우면 아빠의 흔적을 찾을 수가 없잖아! 왜 나는 아무것도 모르는 거야? 왜 아무 데도 갸닿을 수가 없는 거냐고.

"왜 헤집어? 왜 들쑤셔? 아빠가 너한테 뭐였다고 이제 와서 이래? 살아 있을 땐 관심도 없었으면서!"

어둠 속에서 엄마를, 엄마가 선 쪽을 바라봤다. 어둠에 눈이 익숙해지면서 희미한 형체가 드러났지만 그 실루엣이 엄마인지 확신할 수가 없었다. 대체 엄마는 어디에 있는 걸까? 왜 이렇게 멀고 아득하기만 하지? 만약 오늘 밤에 엄마나 내가 죽는다면, 우리가

서로에게 마지막으로 쏘아붙인 말은 무엇이라고 기억 속에 기록될까. 내가 아빠에게 마지막으로 한 말은 기록되지 않고 사라졌다. 전혀 기억나지 않는다.

"그건 엄마가 할 소리는 아닌 거 같아. 엄마는 지금도 관심 없잖아, 아빠한테든 나한테든. 안 그래?"

엄마는 숨을 들이마셨다가 내쉬고, 들이마셨다가 내쉬었다. 저쪽 어딘가에 있기는 있는 모양이다.

"엄마가, 말이 심했네. 그냥 잊어버려. 마음에도 없는 소리니까."

"어쩌지? 난 진심으로 한 말인데?"

엄마는 대답하지 않았다. 불을 켜 주더니 창고를 나갔다. 문이 열렸다가 닫히자, 눈부신 형광등 불빛 아래에 나 혼자였다.

# 6

아빠가 떨어져 내린다.

조용하고도 빠르게 추락한다.

나는 아빠를 향해 달려간다. 한 마리 새가 되어 공중으로 날아오른다. 크고 넓은 날개를 펼치고 아빠를 받쳐 든다.

아빠가 눈을 뜨더니 새가 된 나를 보며 말한다. 온화야, 아빠 놔줘라. 그냥 보내 줘. 나는 뭐라고 대답하지만 새의 언어라서 나조차도 무슨 말인지 알아듣지 못한다. 힘이 빠진 날개가 축 늘어지면서 아빠를 놓친다.

다시 떨어져 내리는 아빠. 땅을 뚫고 들어가 어둡고 깊은 곳으로, 지하 터널 안으로 추락한다.

헉, 숨을 뱉으며 꿈에서 깨어났다.

커튼 틈으로 비집고 들어온 햇볕에 방이 데워져 후텁지근했다.

베개는 땀으로 젖어 축축했다. 두 팔을 눈앞으로 가져와서 뜯어봤다. 새의 날개가 아니라는 확신이 들 때까지. 나는 아빠가 보내온 마지막 문자 메시지를 거듭 읽다가 잠들어 버렸다. 그러고 다시 일어나니 뭐, 12시라고! 지각이잖아, 하며 벌떡 일어났다가 아아, 하고 도로 눕는다. 오늘은 개교기념일이다. 그래도 일어날 때가 되기는 됐다. 2시에 건우를 만나 인터뷰하기로 했다.

방 밖으로 나가 거실 구석에 놓인 에어컨을 한번 노려보고는 선풍기를 켰다. 냉장고에서 두유를 꺼내고 토스터로 식빵도 두 장 구웠다. 빵 한쪽에는 딸기잼, 다른 한쪽에는 땅콩잼을 발라 겹쳤다. 악몽 때문인지(그 꿈이 악몽이 아니면 뭐겠는가) 더위 때문인지 입맛이 없어서 물에 젖은 모래를 씹는 느낌이었다. 없는 입맛치고는 야무지게도 잼을 두 종류나 발랐지만, 평소 같았으면 이 정도로 그치지 않았다. 컵라면이나 엄마가 냉동실에 주기적으로 채워 두는 피자라도 추가했을 것이다. 오늘은 이쯤 먹어 두자. 2동으로 이사 온 다솔이처럼, 나도 혼자서 밥 먹는 일이 싫다. 꽤 오랫동안 꽤 자주 그래 와서 싫어한다는 사실조차 잊고 지냈을 뿐.

샤워하면서 무슨 옷을 입고 나갈지 머릿속으로 조합해 봤다. 청바지에 티셔츠? 이렇게 끈끈한 날씨에 청바지는 별로지. 면바지에 주홍색도 아니고 황토색도 아닌 묘한 빛깔의 리넨 블라우스? 안 돼, 그만둬. 한별이가 현미고추장 담그기 행사를 주최하는 세련된 할머니 같다고 그랬어. 그러면 나뭇잎 무늬가 있는 원피스를…

하고 생각하는데 입에서 꽥 소리가 튀어나왔다. 샤워기에서 찬물이 쏟아져 내리는 중. 아무리 여름이라지만 기습적인 차가움에 소스라쳐서 서둘러 수도꼭지를 잠갔다. 보일러가 오래돼서 종종 말썽을 부린다. 보통은 3분쯤 기다리면 온수가 나오는데, 그렇게 해도 소용없거나 좀 더 근본적으로 조치하고 싶은 경우에는 보일러 전원 플러그를 뽑았다가 꽂아야 한다. 나는 물 부은 컵라면이라도 되는 듯 3분쯤 기다렸다가 수도꼭지를 틀었다. 따뜻한 물이 나온다 귀찮아질 뻔했는데 다행이네. 나는 체질상 한여름에도 찬물 샤워는 못 한다.

머리를 말리고, 선크림을 바른 얼굴에 가벼운 화장을 했다. 옷은 카키색 면바지에 파란색 티셔츠를 선택했다. 색이 썩 어울리지는 않지만 더 고민할 시간도 없고 현미고추장 할머니는 면했으니까. 그리고 내가 뭐 오늘 옷에 특별히 더 신경 쓸 이유가 있나? 서건우는 사적인 감정이 아니라 일 때문에 만나는 거다. 공모전 제출용 UCC 제작이라는, 우림 언니와 나의 공동 사업 말이다. 거울을 들여다보다가, 단정히 빗어 내린 머리를 손으로 헤집어 헝클어뜨렸다. 무심해 보이고 싶었다.

방을 나오는데 문이 잘 안 닫힌다. 지하 터널 공사가 시작되고 조금씩 틀어지더니, 올여름 들어서 심해졌다. 손잡이를 잡아당겨서 억지로 닫았다. 빈집이지만 방문을 열어 두고 나가기는 싫다.

1동 건물을 나서자, 초여름 햇살에 온 세상이 환했다. 나무마다 매달린 나뭇잎이 낮에 뜬 초록 별처럼 반짝인다. 이제 얼마 안 있으면 시험을 치고, 방학을 하고, 매미가 땅과 하늘을 흔들며 울어대는 소리에 여름이 깊어질 것이다. 매미는 올해도 가로등 불빛이 켜진 밤을 낮으로 알고 밤새 울겠지? 도시의 매미가 밤마다 우는 이유를 알고 나서는 그 울음소리가 슬퍼졌다. 밤낮으로 일해서 가게 임대료와 집 대출금을 갚는 엄마가, 학교와 학원을 오가며 장래에 뭐든 되기는 돼야 할 텐데 불안해하는 내가 가로등 불빛에 날개를 말리며 우는 매미 같아서.

아빠 꿈을 꿨더니 대낮에도 감상적이 되는 걸까. 머리를 흔들고는 발걸음을 재촉했다.

보배아파트 정문 앞 횡단보도를 건너서 400미터쯤 가면 건우네 아파트가 나온다. 서른 개 가까운 동이 모인 대규모 단지로, 지은 지 몇 년 되지 않은 새집이다. 위쪽에 공원이 있어서 산책이나 운동을 하기도 좋고, 무엇보다 지하 터널이 비껴간 덕분에 피해를 입지 않았다. 이 아파트 단지의 입구에는 '우리를 안전한 곳으로 이주시켜 달라!'라는 때 묻고 해진 현수막 대신 '외부 차량 불법 주차 강력 단속!'이란 멀끔한 현수막이 걸려 있다.

약속 장소는 단지 한쪽에 자리 잡은 조그만 쉼터다. 조용한 곳이라며 건우가 추천했다. 평일 낮, 그늘진 벤치에 앉아 땀을 식히려니 여기는 참 안전하구나 싶다. 길 하나 차이에 얼마 되지도 않는 거리인데 보배아파트는 바닥부터 파먹은 케이크처럼 기울었고,

이곳은 진열장 속 케이크처럼 온전한 새것이다.

건우 방의 문은 뒤틀리지 않고 잘만 닫히겠지, 생각하자 어쩐지 심술이 나서 세모꼴 눈이 됐는데, 저만치에서 달려오는 건우를 보자 눈매가 케이크에 바른 생크림처럼 부드러워지고 말았다. 뭐랄까, 서건우는 순진한 구석이 있다고 해야 하나? 약속 시간이 4분 남았는데도 뛰어오는 것 좀 봐.

"온화야! 오래 기다렸어?"

'온화야'라니. 학별이도 날 그렇게는 잘 안 부르는데. 온화야, 마음속으로 되뇌며 느끼함 지수를 매겨 본다. 5점 만점에 1점? 건우의 강력한 장점은, 어떤 말이나 행동을 하든 느끼하지 않고 담백하다는 것이다. 우리 반 남자애들을 보면 그게 얼마나 희귀한 능력인지 알게 된다.

"5분쯤? 내가 일찍 온 거야. 너도 4분 일찍 왔어."

"내가 먼저 와 있으려고 했는데, 옷 고르는 데 오래 걸려 갖고."

나도 최종 결과가 이래서 그렇지, 옷은 고를 만큼 골랐지만 그렇다고 말할 생각은 전혀 없었다. 건우는 검은색 컨버스, 흰 단추가 달린 먹색 반팔 셔츠 차림이었다. 셔츠는 밑단을 베이지색 바지에 넣어 입었고 맨 위쪽 단추를 풀었다. 무심한 듯 신경 쓴 티가 난다.

"촬영하는 거니까 잘 나오고 싶어서."

자기 옷차림을 살펴보는 시선을 느꼈는지, 건우가 씩 웃으면서 말했다.

"촬영이라고 해 봤자 그냥 폰으로 찍는 거야."

"어쨌든 영상으로 남는 거잖아."

"뭐, 그건 그렇지."

거치대를 세우고 휴대폰을 고정하자, 건우가 휴대폰 맞은편에 살짝 비껴서 앉았다. 위치 선정 나쁘지 않고.

"다른 얘기부터 하면서 긴장을 좀 풀면 어떨까? 그럼 더 자연스럽게 나올 거 같은데."

건우가 제안하더니 뭐라도 질문해 달라는 눈빛으로 나를 본다. 그래, 그게 다 내 역할이지.

"음, 간밤에 꿈이 뭐였어?"

"내 꿈은 재작년부터 수의사."

얘가 알면서도 이러는 건지, 정말 잘못 듣고 이러는 건지.

"그런 꿈 말고 자면서 꾸는 꿈."

"아, 그 꿈. 네가 나왔어."

"응…?"

"너랑 이렇게 얘기하는 꿈이었어. 난 다음 날 뭐 하기로 하면 꿈에 나오고 그러거든."

난 또 뭐라고. 그 꿈 악몽이라 생각하냐고 물으려다가 말았다. 건우 꿈에는 내가 나왔고, 내 꿈에는 아빠가 나왔다.

"수의사가 되고 싶다면, 동물 좋아해?"

"어, 고양이도 둘 키워. 콩이랑 팥. 삼색이 자매야. 재작년 겨울에 여기서 울고 있는 걸 냥줍했어."

"고양이를 키워? 교복에 털 묻히고 온 적 없잖아?"

한별이는 또또라는 믹스견을 키우는데 교복뿐만 아니라 머리, 가방, 신발, 휴대폰에까지 노란 털을 묻히고 다닌다. 하지만 건우한테서는 동물 털을 발견한 적이 없다.

"작년 짝이 고양이 알레르기가 있어서 내가 털 묻혀 가면 재채기하고 콧물 흘리고 그랬거든. 그때부터 교복만큼은 털이 안 붙게 반도체 제자 공정 수준으로 초정밀하게 관리해."

서건우, 고양이 키우는구나. 나도 고양이 좋아하는데. 엄마가 동물은 안 된다고 해서 랜선 집사 생활만 수년째다. 엄마가 나를 키우는 한, 나는 고양이를 키울 수 없다. 얼른 커서 독립하고 싶다. 나만 사는 내 방에서 고양이 키우고 싶다.

"걔네 이름은 왜 콩이랑 팥이야?"

질문자의 의무감을 떠나, 고양이 집사 지망생으로서 호기심을 담아 물었다.

"둘 다 선천적으로 신장이 안 좋아. 신장, 콩팥 말이야. 분위기 너무 어두워지지 말라고 누나가 농담처럼 붙인 별명인데, 그걸로 굳어 버렸어. 요만한 털 뭉치가 아파하는 걸 보니까 되게 안타깝더라. 할아버지 투석 받으시던 것도 생각나고⋯. 나중에 수의사가 돼서 아픈 애들을 도와줘야겠다 결심했지. 둘 다 이젠 상태가 많이 안정돼서 괜찮아. 나 지금 말 너무 많아?"

"괜찮아, 편하게 해. 편집할 거니까. 그러니까 내 말은, 다 잘라 낸다는 게 아니고, 말하고 싶은 만큼 말해도 된다고."

이런저런 이야기를 5분쯤 더 나누고, 이제 본론으로 들어갈 차례다.

"만약 내일 죽는다면 오늘 마지막으로 남기고 싶은 말이 뭐야?"

엊그제 다시 알려 준 질문이다. '죽기 전에 남기고 싶은 말은?'에서 살짝 더 구체화했다.

"죽는다고 하면 엄청 심각하게 들리는데, 사실 죽음은 저 먼 곳이 아니라 바로 근처에 있잖아. 다들 언젠가는 죽으니까. 인터뷰 설정이 아니라도 정말 오늘 하루가 나한텐 마지막 시간이 될 수도 있지. 사고가 나거나, 지구가 멸망하거나. 우리 집 고양이들한테 그랬던 것처럼 태도나 관점을 바꿔서 좀 가볍게 생각해 보기로 했어. 나는 내가 좋아하는 것, 싫어하는 것, 두려워하는 것, 이루고 싶은 것… 그런 것들의 합 같아. 사소한 감정, 심각한 생각, 크고 작은 행동이 모여서 나를 이루는 게 아닐까? 그래서 내일 죽는다면 오늘 난 이런 말을 남기고 싶어."

건우는 자세를 고쳐 앉더니 카메라를 조금 다른 각도에서 바라보며 말했다.

"저는 축구와 고양이를 좋아하고 수의사가 되고 싶었던 서건우입니다. 누군가를 잘 알지도 못하면서 남들 따라서 무작정 경멸하는 일, 필요에 따라 비겁해지는 일이 싫었습니다. 그러면서도 종종 저 자신을 눈감아 주고 그랬습니다. 남은 날이 좀 더 길다면 좋겠지만 지난날을 떠올려 보니 여기서 멈춘다 해도 억울하지는 않을 거 같아요. 비교적 즐겁게 살았거든요. 언젠가 스치듯 생각이 난다면 저를 한번쯤 떠올려 주세요. 여기까지, 서건우였습니다."

마무리 인사를 마친 건우가 휴대폰 카메라 너머, 나를 보며 말을 이었다.

"이거 매해 찍을까? 생각이나 느낌은 계속 바뀌니까 내년 되면 그때 하고 싶은 말이 또 생길 거 같아."

"글쎄, 생각해 볼게."

매해 인터뷰를 하자고? 당장 내년만 돼도 중학교를 졸업하고 고등학교에 진학하는데, 서건우가 나를 스치듯 떠올리기나 할지. 건우에게 나는 교실에서 주운, 우울하고 불운한 저혈압 짝일지도 몰랐다. 아픈 고양이를 보살피듯 하자는 대로 해 주며 얼마간 인류애를 베푸는 대상. 보아하니 얘가 친절하고 다감한 성격인 듯해서 하는 말이다.

바닥에 휙, 하고 선을 긋듯 새 그림자가 지나갔다. 고개를 젖히자, 멧비둘기 한 마리가 바람에 날개를 맡긴 채 날아간다. 새가 돼 하늘을 날았던 꿈을 되새기며 멧비둘기를 올려다봤다.

"새 좋아해?"

건우 목소리에 정신을 차렸다. 잠깐이지만 여기가 어디인지, 옆에 누가 있는지 잊었다. 하얗거나 까맣게.

"싫어하지는 않는데, 잘 모르겠어."

다음 말은 충동적으로 덧붙였다.

"내가 새였으면 좋겠어. 높이, 오래 날고 지치지 않는 강한 새."

"이를테면, 독수리나 수리부엉이나 황조롱이 같은?"

"응, 그런 새들."

왜 새가 되고 싶냐는 둥 껄끄러운 질문이 아니라서 반가운 마음에, 먹이를 낚아채는 새처럼 얼른 대답했다. 그러고는 곧 이상한 점을 깨달았다.

"황조롱이는 쪼끄만 애들이잖아?"

"생긴 게 귀여워서 그렇지, 걔들도 맹금류야. 사냥을 얼마나 잘하는데."

"아, 맹금류였구나."

"새 보러 갈래?"

"새? 지금?"

"이따가 9시쯤에, 달빛향 공원으로. 어두워져야 보이거든."

밤에 돌아다니는 야행성 새인가? 무슨 새를 보여 주려고 밤까지 뜸을 들이려는지 궁금했다. 달빛향 공원은 보배아파트에서 가까운 편이니 부담은 없었다. 우리는 저녁을 먹은 다음에 다시 만나기로 하고 헤어졌다.

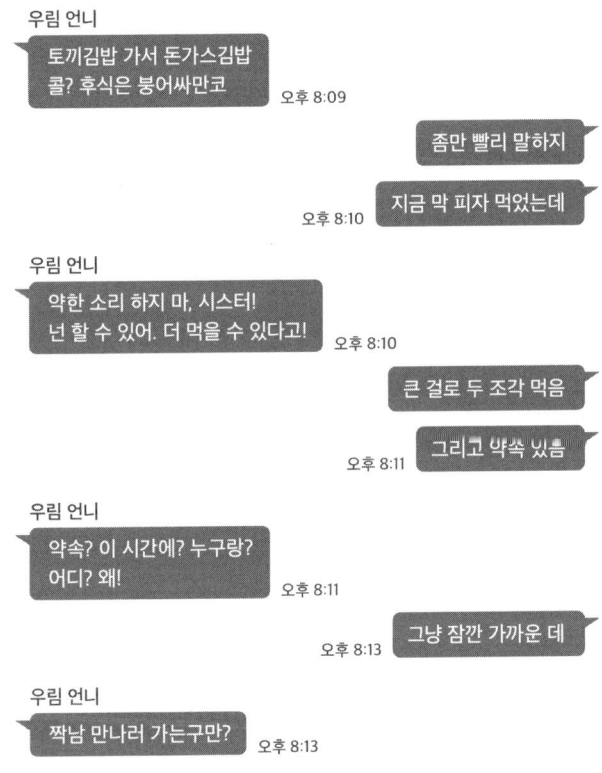

'가는구만?' 하는 구수한 할머니 말투에 경계심을 풀고 '어떻게 알았어?'라고 답할 뻔했다. 큰일날 뻔했네, 가슴을 쓸어내리고 휴대폰을 내려놨다. 우림 언니는 무응답도 긍정으로 해석하겠지만 나도 그쯤은 감수해야 한다.

이를 닦고 얼굴에 파우더를 덧바르고, 어느새 단정해진 머리카락을 흐트러뜨렸다. 옷도 갈아입을까 했지만 호들갑 금지.

우림 언니가 보이면 인사라도 하려고 토끼김밥 앞에서 걸음을 늦췄는데, 길가를 바라보며 앉은 다솔이가 손을 흔들었다. 인터뷰 이후 우림 언니와 다솔이는 열 살 가까운 나이 차이를 극복하고 찰떡궁합을 자랑하는 동네 친구가 됐다. 밥도 같이 먹고 시간 맞으면 인터뷰도 같이 하러 다니고 그런다. 우림 언니와 다솔이의 정신 연령이 평균치보다 좀 낮거나 높아서 중간 지점쯤에서 평화롭게 만났는지도? 누가 높고 누가 낮은지는 비밀이고. 나도 다솔이에게 손을 들어 인사했다. 우리는 얼굴만 아는 사이를 넘어 이름도 아는 사이가 됐다.

우림 언니가 입에 김밥을 세 알쯤 욱여넣고 몸을 돌린다. 비상금처럼 도토리를 쟁이는 다람쥐 볼을 하고는 입 모양으로 뭐라 뭐라 말하는데, '데이트'라는 단어만큼은 알아보겠다. 데이트까지는 아니거든, 언니. 토끼김밥을 지나 달빛향 공원으로 향하는데 언니에게 메시지가 날아온다. 미리 편집해서 자막까지 달아 둔, 짤막한 인터뷰 영상이다.

**김경진(23세, 회사원)**
▶ **자목련동 최고의 데이트 코스를 추천해 주세요.**
"달빛향 공원이죠! 낮은 산 위에 있어서 바다가 보이거든요. 밤이 되면 조명도 예쁘고요."

달빛향 공원에 가는 건 어떻게 알았지? 우림 언니는 1년에 두어 번쯤 신묘한 통찰력을 발휘할 때가 있는데, 오늘이 그날인 듯. 아무튼 우림 언니가 낯선 사람들에게 다가갈 용기를 회복해서 다행이다.

자목련동 최고의 데이트 코스라는 달빛향 공원에서 건우를 만났다. 23세 회사원 김경진 씨가 말한 대로 꽃과 나무, 길을 물들인 은은한 조명이 예쁘다. 어딘가 꿈 같은 여름밤 분위기.

"여기야, 새가 있는 곳."

야트막한 언덕길을 5분쯤 올랐을까, 건우가 길 중간쯤에 멈춰 섰다. 새는 언제 나오는지 물어보려던 차였다. 주변을 두리번거려도 새는커녕 새 그림자도 보이지 않았다. 길 양쪽으로 늘어선 나무와 가로등 불빛뿐이다.

"새 없는데? 날아간 거 아니야?"

"있어. 한번 찾아봐."

앞뒤, 옆으로 몇 걸음씩 움직이며 새를 찾으려 애썼다. 얘가 한밤에 사람을 공원까지 불러서 장난을 치나 의심이 들 무렵, 새를 발견했다. 머리 위, 나무 위에서. 나뭇가지마다 날개를 접고 앉은 새들. 까만 날개에 하얀 배, 까치였다.

"와, 나 이런 거 처음이야. 쟤들, 저기서 자는 거야?"

"그런가 봐. 나도 옛날에 할아버지가 알려 주셔서 알았어."

나뭇가지에 앉아 잠자는 까치를 고개가 아프도록 올려다봤다.

그동안 이 공원에서 이 길을 수십 번은 지나다녔을 텐데도 고개를 젖혀 나무 위쪽을 보기는 처음이다. 건우가 아니었다면 나무에 열매 맺힌 까치를 오랫동안, 어쩌면 한평생 못 보고 살았을지도 모른다. 자목련동만이 아니라 다른 데서도 말이다. 보통은 흔히 보던 것이 보이고, 보이지 않는 것은 끝내 못 보고 끝나게 마련이니까.

"우리 할아버지는 프사가 항상 새였어. 개도 키우시고 다친 길고양이도 치료해 주시고, 동물을 좋아하셨어."

"너, 할아버지를 닮았나 보다."

"아무래도."

"난 새들한테 별 관심 없었는데, 앞으로는 좀 좋아질 거 같아."

"오늘부터 1일이네? 새의 세계에 온 걸 환영해."

'오늘부터 1일'이란 말에 덜컹 시동을 건 심장이 새의 세계로 입장하느라 속도를 줄였다. 설레발 자제해야지, 차온화?

"아까 나 인터뷰한 거, 약간 수정해도 돼?"

"다시 찍자고?"

"그렇게까지는 아니고, 사실과 다른 부분이 있어서 말은 해 두려고. 내일 당장 죽는다 해도 억울하지 않을 거 같다고 했잖아. 공원으로 오면서 생각해 보니까 그거, 허세였어. 내심 꽤 억울할 거 같아. 왜 여기서 끝나나 싶어서."

"나도 네가 내일 죽으면 아쉬울 거야. 아무리 그래도 그렇지, 내

일은 너무 이르잖아."

나도 모르게 말하고 별것 아니라는 듯 까치를 봤다. 귀엽고 통통한 까치들. 벌레도 잡고 날아다니고 친구도 사귀느라 바쁜 하루를 보냈겠지.

"내일이 너무 이르면 모레는 괜찮은 거야, 그럼?"

건우 말에 큭 웃음이 나왔다. 새로 변한 꿈을 꿨을 때는 어쩐지 슬펐는데, 지금은 새가 좋아졌다. 이런 날이 다 오네. 바스락거리는 껍데기만 가득한 봉지에서 사탕 알맹이를 발견한 기분이다.

이때만 해도 몰랐다. 집에 돌아가서 무엇을 또 발견하게 될지.

콧노래를 흥얼거리며 화장실로 들어갔다. 허리에 두 손을 얹고 미소를 지으며 거울을 바라본다. 이 정도면 나쁘지 않은데? 오늘따라 봐 줄 만한데? 어깨를 으쓱거리며 한 바퀴 돌자, 샴푸 향기에 섞여 희미하게 땀 냄새가 난다. 씻어야겠다.

하루에 두 번 당할 내가 아니어서, 샤워기로 따뜻한 물을 틀어봤다. 30초쯤 지나자 찬물이 나왔다. 내 이럴 줄 알았지. 물을 잠그고 현관 옆에 붙은 작은 철문 앞으로 갔다. 신발장 서랍에서 열쇠 뭉치를 꺼내어 '보일러실'이라는 스티커가 붙은 열쇠를 철문 손잡이에 꽂았다. 철컥, 소리와 함께 문이 열린다. 식탁보다 작은 공간에 고인 묵은 먼지 냄새가 코를 간질였다.

점검 램프에 빨간 불이 들어온 보일러 코드를 뽑으려고 손을 뻗는데, 구석 바닥에 놓인 상자가 눈에 들어왔다. 저런 게 언제부터 저기 있었지? 예전에는 못 본 거 같은데?

보일러는 놔두고 상자를 집어 들었다. 부엌 식탁으로 가서 한 겹 발린 테이프를 뜯었다.

아빠의 휴대폰이 나왔다.

그 밑에 놓인 다이어리 한 권도.

눈꺼풀이 떨리고 입술 언저리에서 심장이 뛰었다. 지금 거울을 본다면 여름밤의 흥은 온데간데없고 먼지 쌓인 해골처럼 창백한 얼굴이겠지. 온 집 안을 뒤져도 없던 휴대폰을 보일러실에서 찾았다. 엄마는 이걸 언제 보일러실에 가져다 두었을까. 내가 피자 가게로 가서 휴대폰을 찾기 전에? 그 뒤에? 보일러실 구석이라니, 쉽게 찾지는 못해도 비밀이 끝까지 보장되지는 않았을 곳이다. 냉동실까지 뒤졌으면서 왜 여기 생각을 못 했지. 엄마의 진심은 무엇일까. 내가 이 상자 속에 담긴 진실을 보기를 원할까, 아니면 못 본 척 덮어 버렸으면 싶을까.

휴대폰은 당연히 방전된 상태여서, 충전하는 동안 다이어리를 살펴보기로 했다. 3년 전 연도와 아빠가 다니던 회사 이름이 찍힌 다이어리였다. 3년 전이라면 아빠가 회사에 마지막으로 근무한 해다. 표지를 넘기자, 두꺼운 종이 아래쪽에 아빠 글씨로 쓴 아빠 이름이 보인다. 차준영. 한 장씩 넘겨 본다. 1월부터 12월까지 달력, 한 쪽에 이틀씩 날짜가 적힌 영역, 그 뒤로는 메모장이다. 글자가 가득한 페이지, 반쯤 찢겨 나간 페이지, 빈 페이지, 검은색 매직으로 덧칠된 페이지, 종이가 덕지덕지 붙은 페이지… 사람들 표정처럼 다양했다. 대충 훑어보니 내가 이해하지 못할 업무 내용이다. 어쩐지 안심하고 탐색을 멈추려다가, 어느 페이지에 적힌 문장을 보고 말았다.

*나는 죽고 싶은 것이 아니다.*

쿵, 쿠웅, 쿠쿵—
지하에서 다이너마이트를 터뜨리는 소리가 귓전을 때렸다. 바닥이 젤리처럼 물컹물컹 출렁이고, 나는 그 속으로 빠져들어 허우적대다가 저 밑으로, 정전된 지하 터널처럼 깊고 어두운 구덩이로 떨어져 내린다.

구덩이를 피하듯 황급히 다이어리 표지를 덮었다. 아빠가 왜 죽도록 우울하고 힘들었는지 알고 싶다고, 늦게라도 알고 싶어졌다고 생각했다. 잃어버렸다고 아쉬워한 기회를 찾았는데, 아빠 마음을 들여다볼 자신이 없다. 내 마음만으로도 벅차다. 그 작은 마음 하나를 차가운 얼음 조각이나 뜨거운 불꽃처럼 손안에 쥐고 앗 차가워, 엇 뜨거워, 하며 안달복달하기도 힘에 부친다.

그런데도 휴대폰이 웬만큼 충전되자 전원을 켰다. 기록이나 사진이 남아 있는지는 확인해야지. 장례식장에서 엄마가 화면에 그

렸던 패턴이 기억났다. 맨 위, 왼쪽 점에서 시작하여 맨 아래, 오른쪽 점에서 끝나는 제트 모양. 아빠는 휴대폰을 바꿀 때마다 같은 모양으로 암호를 설정했다. 그대로 해 봤으나 패턴 불일치. 또 해 봐도 실패. 엄마가 암호 패턴을 바꿔 놓았다.

　엄마는 대체 무슨 생각일까. 휴대폰을 열고 싶다면 날 찾아와라? 아니면 다이어리부터 읽어 보란 뜻?

　빈 상자에 테이프를 붙여서 보일러실에 되돌려 놓고, 다이어리와 휴대폰은 침대 매트리스 밑에 쑤셔 넣었다. 엄마가 내 방 청소를 포기한 지도 오래됐으니 이곳이라면 안전하다.

　땀에 먼지까지 더해진 머리가 간지러웠다. 화장실로 가서 샤워기 밑에 멍하니 서 있다가 아무 생각 없이 물을 틀었다. 이번에는 다짜고짜 찬물부터 쏟아졌다. 너무 차가워서 쭈그리고 앉아 무릎에 얼굴을 묻었다. 물을 잠그면 되는데 뇌가 마비됐는지 그 간단한 해결책조차 떠오르지 않았다. 나는 머리카락이 젖고 등에 소름이 돋을 때까지 찬물을 맞으며 웅크리고만 있었다.

# 7

 찬물까지 맞으며 청승을 부렸더니 감기에 걸렸다. 아침부터 콧물이 흐르고 재채기가 터져 나왔다. 두유 몇 모금으로 감기약을 삼키고 학교에 갔다. 콧물과 재채기는 멈췄는데 그 대신 잠이 들이닥쳤다. 약 기운에 잠이 쏟아져 정신을 차릴 수가 없었다. 1교시 내내 졸다가 종이 치자마자 책상에 엎어져 잠들었다.
 "거기 엎드린 사람은 뭐야?"
 2교시가 시작됐는지 선생님 목소리가 들려온다. 나는 일어나야지, 하면서도 끈끈이처럼 끈질긴 잠 속에서 허우적댔다.
 "아픈 거 같아요."
 건우 목소리. 그다음에는 누가 비몽사몽인 나를 부축해서 보건실로 데려다준다. 나는 보건실 침대에 누워 본격적으로 숙면에 들어갔고, 눈을 뜨니 침대 옆에 한별이가 서 있었다. 아늑하고 시원한 보건실은 우리 둘뿐이라 조용했다.

"지금 몇 시야?"

"점심시간. 너네 반 갔더니 서건우가 너 보건실에 있다더라. 어디가 아파서 내리 세 시간을 잔 거야?"

"이제 안 아파. 감기약 먹어서 그래."

"우리 또또도 걸렸는데, 여름 감기."

"그럼 나, 또또 감기네."

"어쩐지 너만 오면 엄청 반가워하더라. 통하는 게 있어서 그런 거였어."

수다를 떨다 보니 나른한 잠기운이 조금씩 몸을 빠져나갔다. 한별이 말대로 내리 세 시간을 자기도 했고.

"배 안 고파?"

"고파."

한별이가 교복 바지 주머니에서 약과를 꺼내서 내밀었다. 얼른 받아먹었다. 빈속에 다디단 것이 들어가니 속이 좀 쓰렸지만, 어차피 배고파도 속은 쓰리니까. 한별이는 내가 점심으로 약과를 먹는 동안 침대에 엉덩이를 걸치고 앉아, 벽에 붙은 손 씻기 방법 포스터를 정독했다.

"서건우 말이야. 널 좀 걱정하는 눈치던걸?"

"내가 저혈압이란 거 알아서 그래."

"그런 정보까지 공유하고, 너희 둘 진짜 사귀는 거 아니야? 인터뷰도 했겠다?"

"너도 나 저혈압인 거 알고 인터뷰도 했는데 그래서, 우리가 사귀냐?"

"언제부터 1일인지 정해지면 바로 말해 줘야 돼. 안 그럼 배신이야."

나는 입가에 묻은 약과 조각을 혀로 훑으며 비닐 포장지를 쪽지 모양으로 접었다. 사람 일이란 모른다는 게 정설이니까 건우랑 내가 어떻게 될지도 모르는 거지. 그래서 되긴 어떻게 된다는 걸까, 상상이 나래를 펼치려는 찰나에 다이어리가 떠올랐다. 아빠의 다이어리. 휴대폰과 달리 암호도 없으니 언제든 읽을 수 있다 아니 어쩌면, 다이어리에 걸린 암호는 내 결심 그 자체일지도.

"있잖아, 어느 날 갑자기 비밀 상자를 발견하면 어떻게 할 거야? 평소 알고 싶던 비밀이 들어 있는 상자 말이야. 열어 볼래?"

"당연하지!"

한별이가 0.1초도 망설이지 않고 대답해서 김이 빠졌다. 나 또 뻔한 답을 두고 감기까지 걸려 가며 고민한 건가.

"하다못해 다음 달 급식표도 궁금한데 비밀을 두고 보기만 할 거야? 그건 못 참지."

"왜, 모르는 게 나을 때도 있잖아. 모르던 걸 알고 난 다음에야 그런 생각이 든다는 게 문제지만."

"그렇지 않아. 어떤 상황에서든 아는 건 힘이야, 힘!"

"김한별, 네가 왜 공부를 잘하는지 알겠다."

"세상의 진리를 알고 싶어 하는 탐구 정신 때문에?"

"힘을 갖고 싶다는 야망 때문에."

허공에서 발을 까딱거리며 잠시 생각하던 한별이는 틀린 얘기는 아니라고 인정했다. 내가 보기보다 야심이 좀 있지, 하면서. 나의 우등생 친구 김한별은 공부를 열심히 해서 이 세상을 바꿀 힘을 얻고 싶어 한다. 나는 한별이가 얼마나 정의롭고 아름다운 세상을 꿈꾸는지 안다. 한별이의 세계관에서는, 그런 세상으로 한 발짝이라도 가까이 다가가려면 힘이 필요한 것이다. 하긴 야망이라고는 수행 평가로 내려고 찾아도 없는 차온화마저도 힘센 새가 되고 싶다고 말한 바 있으니까. 나에게 굳센 날개가 돋아난다면, 아빠를 되살릴 수 있을까? 기나긴 추락을 막아 내고서?

5교시 시작 직전에 교실로 돌아간 나는 건우에게 "감기약 때문이었어"라고 말했다. 한별이 말대로 정말 걱정한 모양인지, 건우는 안심하는 표정이다.

종례 뒤에는 감기도 된통 앓았겠다, 학원을 빠지고 집으로 갔다. '근데 비밀은 무슨 비밀?' 하는 한별이의 메시지가 왔다. 나는 '그걸 알려 주면 비밀이 아니지!'라고 답했고, 한별이는 '맞말이네ㅋ' 하며 동의했다.

언제 그랬냐는 듯 자연 치유가 된 보일러는 따뜻한 물을 안정적으로 공급했다. 샤워하고 머리를 바싹 말린 다음 피자 두 조각을 데워 먹었다. 이를 닦고, 해 지기 전에 내일 숙제를 마치는 기적까지 행하자 미루어 둔 일을 할 차례였다. 그것은 바로, 비밀 언박싱.

매트리스 밑으로 손을 넣어 다이어리를 꺼냈다. 나만 있는 집인데도 방문을 잠그고 침대에 앉아 홑이불을 끌어당겨 덮었다. 무릎 위에 다이어리를 올려놓고는 아빠가 업무 내용 중간중간 써 놓은 일기를 찾아 읽었다.

*1월 3일*

올해 승진에서 탈락. 새로 입사한 팀장 팀으로 배치됐다. 들리는 소문에는 사장님 친척이라고. 이번엔 내가 팀장이 될 거라 생각했다. 혹시 회사를 나가라는 뜻일까? 이제 나이도 많고 불경기라 갈 데도 없는데…

*1월 4일*

새로 온 천 팀장과 면담. 열심히 하겠다고 했더니 "열심히 하는 건 당연하고 잘하는 게 중요하죠"란 대답이 돌아왔다. 그러더니 전체 회의에서 자기가 직접 진행하겠다고 장담한 프로젝트를 나한테 맡겼다. 내 능력을 증명할 기회라 여기고 잘해 보자!

*1월 12일*

팀장에게 회의 자료를 만들어 주느라 퇴근도 못 하고 밤을 새웠다. 눈이 빠질 지경이고 허리는 부러질 것 같다. 아내에게는 급한 출장을 간다고 둘러댔다. 이런 상황을 알면 왜 당하고만 있냐고 화를 낼 테니까.

여기까지 읽고 다이어리 앞쪽, 달력 부분을 살펴봤다. 1월부터 12월까지 평일에는 '야근', 주말과 공휴일에는 '출근'이라는 말이 거의 날마다 적혀 있었다. 생각해 보면 이쯤부터 아빠와 멀어지기 시작했다. 나는 누구한테든 먼저 말을 잘 못 걸고 아빠는 말수가 적어서 우리 사이에 대화가 많지는 않았지만, 어린 시절 내 기억 속에서 아빠는 뭉게구름처럼 부드럽고 따뜻한 사람이었다. 그런데 어느 날부터인가 아빠가 우리 집에서, 나와 엄마의 일상에서 사라졌다. 아빠와 저녁을 먹거나 주말에 가까운 공원에라도 놀러 가는 일이 없어졌다. 엄마에게 아빠는 어디 있냐고 물어보면 '회사'란 답이 돌아왔다. 그렇게 시간이 흐르고 회사를 그만둔 다음에도, 피자 가게를 차린 다음에도, 아빠는 뭉게구름으로 돌아오지 않았다. 컴컴한 먹구름이 됐다.

*1월 28일*
민수가 새 명함을 주고 갔다. 기획3팀장 박민수. 일할 곳을 찾던 민수에게 우리 회사 구인 공고를 보내 주며 지원해 보라고 권유한 일이 떠올랐다. 민수라도 잘해 내고 있어서 다행이다.

다이어리 표지 안쪽에 달린 비닐 주머니에서 명함이 몇 장 나왔고, 그중에 '박민수'라고 인쇄된 명함도 있었다. 이분, 아빠의 고등학교 동창이라고 들었다. 아저씨네 가족과 우리 가족이 한두 번 같이 밥을 먹기도 했다. 그때 아저씨가 우리 아빠를 자기 인생의 귀인이라는 둥 추켜올리던 말이 기억난다. 그래 놓고 아빠 장례식에는 오지 않았다. 나도 엄마가 지나가듯 말해서 알게 됐다.

이 아저씨, 아빠보다 먼저 승진했었구나.

회사 생활에서 승진이 어떤 의미인지 정확히는 모르겠다. 나보다 늦게 들어온 친구가 나보다 먼저 승진하는 것이, 내 것이 될 줄 알았던 자리를 처음 보는 사람에게 내주는 일이 아빠에게 어떤 기분으로 다가왔을까. 하지만 천 팀장이란 사람이 아빠에게 자기 일을 떠맡긴 게 얼마나 비열한 짓이었는지는 짐작이 간다.

재작년, 학교 뜰에 텃밭을 가꾸는 자율 동아리에 가입해서 1년 동안 활동했다. 점심시간이나 방과 후에 흙을 일구고, 이랑을 고르고, 거름을 주고, 각종 채소 모종을 심었다. 새싹이 돋아나고 떡잎이 자라고 열매가 맺히는 과정 하나하나가 보람차고 재미있었다. 그런데 어떤 2학년 언니가 자기 이랑을 나한테 슬쩍 떠넘겼다. 나는 당시 채소 키우는 재미에 빠져 있을 때라, 누구 구역이든 마다하지 않고 돌봐 줬다. 나중에 그 언니는 자기 이랑에서 자란 채소가 제일 튼실하다며 스스로 노력해서 얻은 결실인 양 떠벌리고 다녔다. 어찌나 어이가 없던지! 애써서 수확한 상추, 감자, 고구마,

양파가 보기 싫어질 지경이었다.

　아빠는 퇴근 시간에 퇴근하지 못하고, 쉬는 날에도 쉬지 못하고 일했다. 남의 이랑에서 남의 채소를 키워 주듯이. 다이어리를 훑어보니 그랬다. 짧은 일기도 적을 시간이 없었는지 한동안 업무 내용만 가득하던 다이어리에 5월쯤부터 다시 드문드문 일기가 등장했다.

*5월 7일*
　*두세 명이 할 일을 나 혼자서 감당하고 있다. 아내가 안색이 안 좋아 보인다고 하길래 안 해 본 일을 하느라 좀 힘들다고만 했다. 물론 일도 힘들지만, 날 정말 힘들게 하는 건 사람이다.*

*6월 13일*
　*참다못해 상무님에게 면담 요청. 천 팀장의 업무를 내가 거의 다 대신 처리해 주고 있다는 사실을 말씀드리고, 다른 팀으로 가고 싶다고 했다.*

*6월 17일*
　*상무님이 천 팀장을 불러서 이야기한 모양이다. 그러나 아무것도 달라지지 않았고, 오히려 더 나빠지기만 했다.*

*7월 18일*

*이 나이에 회사에서 따돌림을 당하다니, 믿기지 않는다. 우리 팀은 아무도 나한테 말 한마디 건네지 않고, 눈이라도 마주치면 고개를 홱 돌린다. 밥도 자기들끼리 먹으러 가고, 회식에도 나는 부르지 않는다. 메일과 메신저로 업무만 날아든다.*

아빠가 회사에서 따돌림을 당했다고? 그해 입사한 낙하산 팀장 때문에, 몇 년이나 다닌 회사에서? 믿기지 않는다. 떨리는 손으로 페이지를 넘겼다.

*8월 25일*

*내 뒤에서 나 들으라고 욕하는 사람들. 내 외모와 성격과 식성, 걸음걸이까지 비웃고 조롱하는 사람들. 지난 몇 년 동안 같이 일하며 생일에는 케이크를 준비해서 축하 노래를 불러 주던 사람들이다. 다들 증거가 남는 메신저나 문자, 전화, 메일로는 더없이 정중하다. 녹음도 안 되는 거리에서 수군거릴 뿐이다. 난 이렇게라도 기록을 남기는 방법밖에는 없다. 고용노동부에 신고하고 싶다고 했더니 민수가 말렸다. 그랬다간 회사뿐만 아니라 업계에 소문이 난다고, 얼마나 좁은 바닥인지 알면서 그러느냐고 했다. 신고해 봤자 실익은 없고 내 평판만 나빠질 뿐이라고 말이다.*

*8월 30일*

천 팀장이 나를 회의실로 부르더니, 내 컴퓨터의 인터넷 접속 기록을 들이밀었다. 고용노동부에 자기를 신고하면 뭐 달라질 거 같냐고, 자기가 뭘 어쨌길래 그러느냐며 증거 있냐고 비웃었다. 떠들어 대던 말을 녹음이라도 할걸.

*9월 14일*

이제는 다른 팀 사람들도 나를 피한다. 민수마저도. 민수는 천 팀장과 부쩍 친해졌는지 하루에도 몇 번이나 같이 담배를 피우러 나간다. 혹시 민수가 천 팀장에게 그 얘기를 했을까? 내가 신고하고 싶어 한다고? 친구를 의심하는 내 자신이 싫다.

*9월 27일*

과자 몇 개로 점심을 때우면서 동영상을 잠깐 봤다. 철새들이 바다를 건너 다른 나라로 이동하다 보면 너무 힘들어서 떨어져 죽기도 한단다. 하늘을 나는 새를 보면 자유롭게만 느껴졌는데, 그토록 치열하게 살아가고 있었다니.

*10월 15일*

나는 혹시, 이동에 실패한 새일까?

*10월 31일*

*천 팀장이 더욱더 노골적으로 나온다. 아까는 내가 제출한 기획안을 조목조목 트집 잡더니, 제대로 좀 하라면서 볼펜으로 가슴을 꾹 찔렀다. 송곳이 심장으로 파고드는 느낌이었다.*

*11월 10일*

*아내 회사가 먼 곳으로 이사를 가게 됐다고 한다. 통근이 불가능한 거리여서 새 직장을 알아보고는 있지만 쉽지 않은 모양이다. 나 회사 그만두면 안 될까, 하는 말을 하려던 찬이었는데 차마 입이 떨어지지 않았다.*

다이어리 갈피에 끼워 둔 종이가 팔랑거리며 떨어졌다. 신문에서 오린 쪽지였는데, '직장인 우울증을 스스로 진단해 보세요'라는 제목 아래 열 가지 항목이 나열돼 있었다. 미래에 대한 확신이 없고 불안하다, 항상 시간에 쫓기는 느낌이다, 직장 동료와 관계가 불편하다, 주변 사람 눈치를 보고 평가에 민감하다, 출근길에 피로감과 무력감을 느낀다… 등등. 아빠는 '직장에서 본심과 다르게 활기찬 모습을 보인다'라는 항목 말고는 모두 표시를 해 놨다.

*12월 14일*

*결국 회사를 그만두기로 했다. 피자 체인점을 열어 볼까 하고*

아내와 의논 중이다. 아내는 피자를 만들고, 나는 배달하고… 어떻게든 살아갈 방법이 있겠지.

3년 전 기록이 끝나자, 메모장에 날짜 없는 짧은 글이 낙서처럼 띄엄띄엄 이어졌다.

회사가 부도 처리됐다는 소식을 들었다. 자금 사정이 좋지 않다는 건 알았지만 이렇게나 갑자기?

이틀 동안 한숨도 못 잤다.
이렇게 문 닫을 회사인데 난 뭘 그렇게나 최선을 다하려고 안달을 부렸는지. 마지막까지 일은 왜 다 꾸역꾸역 처리해 주고 나왔을까. 왜 욕 한마디라도 시원하게 못 했을까. 천 팀장이 뭐라 그러든 직장 내 괴롭힘 신고라도 할걸. 이런 생각을 할 때마다 마음속에서 쾅! 쾅! 다이너마이트가 터지는 것 같다. 퇴사하면 괜찮아질 줄 알았는데 난 왜 그렇지가 않은지.

그러고는 뭉텅이로 뜯겨 나간 페이지. 아빠는 무슨 말을 적었다가 뜯어 버렸을까. 아니, 종잇장을 찢어 버린 사람은 엄마일지도 모른다.

술을 한두 잔이라도 마셔야 잠이 온다.

가게 일은 고되고, 집은 망가지고, 아내가 힘들어한다. 보배 아파트로 오자고 한 것이 후회된다. 이 집이, 이 아파트가, 꼭 나 같다. 기울어지고 뒤틀린 인생. 하는 일마다 실패했다. 배달하려고 오토바이를 타면 사고라도 날까 싶어서 가슴이 두근거린다. 온화도 나를 타인처럼 보는 것 같다. 거울을 보면 나도 내가 낯설다. 1년 반 사이에 많이 늙었고 표정도 비뚤어졌다.

불면증 점점 더 심해짐.

피자를 시킨 손님이 너무 늦게 왔다면서 소리를 질렀다. 그 모습에 천 팀장이 겹쳐 보여서, 나도 모르게 피자 상자를 떨어뜨리고 주저앉았다. 온몸에서 땀이 쏟아졌다.

신경정신과 치료 시작.

내 유일한 위안은, 온화가 아무것도 모른다는 것이다. 앞으로도 계속 몰랐으면 좋겠다. 실패한 아버지보다는, 차라리 무심한 아버지로 남았으면.

다시 찢겨 나간 페이지. 그리고 마지막 일기가 나왔다.

*나는 죽고 싶은 것이 아니다.*
*살고 싶다.*
*그런데 지금은 산 것도, 죽은 것도 아니다.*
*이렇게는 살고 싶지 않다.*


나는 스르륵 미끄러져 침대에 누웠다. 지하 터널 공사로 배관이 뒤틀리는 바람에 물이 새고 얼룩진 벽지를 올려다본다. '살고 싶다'라는 아빠 말이 새의 부리처럼 가슴을 콕콕 쪼아 대다가, 다이너마이트처럼 쾅 터졌다. 살고 싶다는 말이, 죽고 싶다는 말보다 더 고통스러웠다. 숨을 크게 들이마셨다가 내쉰다. 입에서 뭔가 인간의 언어로 옮기지 못할 짐승 소리 같은 것이 새어 나왔다.

우림 언니가 그랬다. 자기도 사람들 말 한마디, 눈빛 한 번에 그렇게 괴로워할 줄 몰랐다고. 내가 그런 사람인 줄 몰랐다고. 우림 언니가 그랬다. '그거 아니, 시스터? 우리는 누구나 그런 사람이라는 거.'

우리는 누구나 그런 사람. 다른 사람의 악의와 조롱을 맞닥뜨리면 상처받아 갈기갈기 찢기는 사람. 때로는 맞서 싸워 이기지만 때로는 싸우지 않고도 지는 사람. 상처 준 사람을 미워하다가 결국은 자신마저 미워하게 되는 사람. 아빠도 그런 사람이었다. 아빠는 내가 끝까지 모르기를 바랐지만, 나는 알아 버리고 말았다. 아빠가 그런 사람이라는 사실을. 너무 늦게, 또한 너무 빨리.

벌떡 일어나 방 밖으로 뛰쳐나갔다. 현관문을 열고 위층으로 뛰어 올라갔다. 보라 할머니네 집 초인종을 연달아 누르고, 주먹으로 현관문을 두드렸다.

"언니! 우림 언니! 문 좀 열어 봐, 언니!"

이웃에 들리든 말든 소리를 질렀다. 기겁한 우림 언니가 문을 열더니 나를 집 안으로 끌어당겼다.

"미쳤어? 나 여기 있다고 광고하는 거야?"

방에서 드라마 소리가 들려왔다. 우림 언니는 침대에 드러누워 드라마를 보고 있었는지, 하나로 묶은 머리가 삐져나오고 뻗쳐 있었다. 나는 평온하다 못해 무료해 보이는 언니를 바라보다가, 팔을 뻗어 끌어안았다. 언니가 이 집에서 혼자 죽기라도 했을까 봐 무서워서 달려왔다. 급작스러운 공포가 몸을 빠져나와 발밑에 그림자처럼 고인다.

"왜 그러는데, 시스터? 무슨 일 있어?"

누그러진 우림 언니가 내 등을 토닥거리며 물었다.

"미안해, 언니."

"괜찮아. 소문날 거면 나라지, 뭐."

"그런 게 아니라 진짜 미안해. 언니가 회사에서 괴롭힘당했다고 했을 때 그건 내가 어쩔 수 없는 일이라고 생각했어. 그렇게 생각하고 넘어갔던 거, 미안해."

나는 언니에게 털어놓았다. 아빠도 회사에서 언니 같은 일을 당했다고, 괴롭힘에 못 견뎌 퇴사하고도 그 기억에서 벗어나지 못했다고. 내 등을 다독이는 언니 손이 떨려 왔다. 우리는 누구나 그런 사람, 누구나….

"언니, 언니는 죽지 마. 절대 죽으면 안 돼!"

"죽긴 내가 왜 죽어. 주정뱅이도 안 되고 죽지도 않을게."

우림 언니가 다부진 목소리로 나를 안심시켜 줬다. 전에 없이 믿음이 갔다.

"아빠 괴롭힌 사람들, 죄다 없애 버리고 싶어."

"나도 그래, 온화야. 나도 그랬어."

언니는 나를 식탁 앞에 앉히더니 물을 따라 줬다. 나는 컵에 담긴 물을 세 번에 나누어 마셨다. 언니도 물을 마시더니 내 옆에 앉았다. 방에서는 드라마가 끝났는지 음악이 흘러나왔다.

"그런데 난 있잖아, 네가 무자비한 킬러가 되는 걸 아저씨가 바라지는 않을 거 같아."

킬러라는 말에 이 와중에도 웃음이 나왔다. 킬러가 된 나를 상상하니 괴상망측했다. 저혈압 킬러라는 설정부터 이상하다. 표적을 아침 일찍 처리해 달라는 의뢰가 들어오면 제가 저혈압이라서 일은 오후부터 가능합니다만, 하고 거절해야 되나?

"죄다 사 버리고 없애 버리고 그러는 건 내가 맡을 테니까 시스터, 넌 네 이름처럼 사는 게 어때? 온화한 마음으로, 따뜻하고 화목하게."

"내가 그렇게 살고 싶다고 해도, 세상이 그렇지가 않잖아. 잘못한 사람들이 자기 죄를 깨달았으면 좋겠어. 그래야 세상도 조금씩 달라지지."

"그러면 아저씨네 회사부터 사 버릴까? 내가 그놈들 책임지고 응징해 줘?"

"그 회사 망했대."

"한발 늦었네!"

지묵련동에는 겨울마다 손님들이 줄을 서는 호떡 노점이 있는데, 우림 언니는 자기 차례에서 호떡이 동나기라도 한 듯 안타까워했다. 호주머니에 어떤 회사든 호떡 사듯 사 버릴 돈이 있는 사람처럼.

"우림 언니, 나 인터뷰하고 싶은 사람이 생겼어. 같이 좀 가 줄래?"

언니는 누군지도 묻지 않고 고개부터 끄덕였다.

# 8

 1학기 기말고사 마지막 날, 시험을 마치고 집으로 돌아와서 옷을 갈아입고는 위층으로 갔다. '지금 집 앞임'이라는 메시지를 보내자 우림 언니가 현관문을 열어 줬다.
 언니 방 침대에 앉아 드라마를 보던 다솔이가 나를 맞이하며 반가워한다. 얘는 요즘 학교가 석면 제거 공사 때문에 여름 방학을 일찍 해서 한가하다. 오늘은 옆 동네 유원지에 가기로 했는데, 다솔이도 따라가고 싶다고 했다. 놀러 가는 게 아니라 인터뷰 때문에 업무상 방문이라고 하자 뭔가 전문가 느낌이 난다며 좋아했다. 나도 우림 언니 옆에 다솔이까지 있으면 더 든든할 것 같았다. 아는 것이 힘, 뭉치는 것도 힘!
 "다솔아, 밥 먹었어?"
 "네, 우림 언니가 볶음밥 해 줬어요."
 우림 언니가 볶음밥을? 으, 뭉친 기름밥이었겠네. 그러거나 말거나, 다솔이는 맛있게 먹었다는 표정이다. 시간이 맞을 때마다 같이 밥 먹을 동네 친구가 생겨서 기쁜가 보다. 때로는 정서적 만족이 다른 불만족을 잠재우기도 하는 법.

"넌 급식 먹고 왔지?"

우림 언니가 얼굴에 선크림을 바르며 물었다. 저 정도면 외출 준비의 최종 단계다.

"오늘 급식 안 나왔어. 배고픈데 참깨라면 끓여야겠다."

"안타깝지만 라면 먹을 시간 없단다, 시스터. 12분 뒤에 오는 버스 타야 돼."

"빈속으로 얘기하라고? 배에서 꼬르륵 소리 날 텐데?"

우림 언니는 내 손에 검은콩두유와 사탕을 쥐여 주고는 현관문 쪽으로 등을 떠밀었다. 나는 엘리베이터 앞에서 배고프다고 툴툴대며 항의 표시로 두유를 요란하게 쪽쪽 빨아 마시고, 사탕도 와그작와그작 깨 먹었다.

아파트 단지를 벗어나 버스를 타자 시원한 에어컨 바람에 땀이 식었다. 차창에 머리를 기대어 졸다가 깨니 유원지 입구였다. 버스에서 내려 약속 장소로 걸어가는 동안 뒤늦게 긴장이 됐다. 이번 인터뷰를 성사하기까지 우여곡절이 많았다. 인터뷰 대상자가 문자 메시지나 이메일에 답도 없고 전화도 받지 않았다. 그러자 우림 언니가 명함에 적힌 이메일 주소를 인터넷에 검색해서 그 사람 직장을 알아냈다. 나는 평소라면 굳이 그렇게까지 해야 되나, 심드렁했겠지만 이번에는 꼭 만나고야 만다는 마음으로 직장에 전화를 걸었다. 그렇게 잡힌 인터뷰 날짜가 오늘이다. 그쪽에서 오늘밖에 시간이 없다면서 자기가 일하는 곳으로 오라고 했다. 우림 언니는 바쁜 척은 혼자 다 한다며 호쾌하게 코웃음을 치더니 시간 많고 마음 넓은 우리가 가 주지, 했다. 넓은 마음은 모르겠지만 우리가 확실히 시간은 많다.

바닷가 유원지답게 횟집이 즐비한 거리를 지나자, 햄버거를 파는 패스트푸드점이 나왔다. 여기가 약속 장소다.

"서두른 덕에 10분 남았어. 햄버거 먹을래, 시스터? 배고프다며."

"9분이야. 급하게 먹으면 체할걸."

긴장감이 배 속을 점령하는 바람에 허기가 쫓겨났다. 우리는 커피, 사이다, 아이스크림을 시켜서 2층 창가로 갔다. 사전에 논의한 대로 우림 언니와 다솔이는 다른 테이블에 앉았다. 맞은편에서 커피를 마시는 언니와 숟가락으로 아이스크림을 떠먹는 다솔이를 보자, 떨리는 마음이 진정됐다.

진정됐는데도, 내 쪽으로 다가오는 인터뷰 대상자를 보고 허둥대며 일어나는 바람에 사이다를 쏟을 뻔했다.

"오랜만이네. 많이 컸다. 못 알아볼 뻔했어."

세 번째 인터뷰 대상자가 말했다. 이름은 박민수, 우리 아빠의 친구이자 동료였던 사람. 예전 직장이 망한 뒤 이곳 유원지를 관리하는 회사에 취업했다. 민수 아저씨가 내 앞에 앉는다. 유원지 이름이 주머니에 수놓인 반팔 셔츠 차림이다. 엉거주춤 서 있던 나도 자리에 앉는다.

"잘 지냈니?"

민수 아저씨가 쾌활한 목소리를 꾸며 내어 물었다.

"아저씨는요? 잘 지내셨어요?"

의도와는 달리, 쇳가루를 물에 타서 마신 듯 꽉 잠긴 목소리가 나왔다. 아저씨 낯빛이 어두워졌다. 뭐라 답할지 몰라 질문을 질문으로 받았을 뿐인데 내가 자기를 비난한다고 생각하는지. 여기는, 나에게 해서는 안 되는 말이었다. 잘 지냈냐니. 내가 잘 지냈을까요, 어땠을까요? 나는 등을 꼿꼿이 펴고 아저씨를 바라봤다.

"빈소에 못 가서 미안하다. 면목이 없어서 차마 갈 수가 없었어. 이름이, 인화였던가?"

"온화예요. 차온화."

"그래, 온화. 아저씨가 알지."

침묵이 흘렀다. 에어컨 바람이 거센데도 아저씨는 손을 뻗어 내 앞에 놓인 휴지를 집어 가더니, 얼굴을 닦았다. 땀으로 번들거리는 이마에 휴지 조각이 붙는다.

"물어볼 말이 있다면서? 내가 일하다가 잠깐 나온 거라 시간이 없어."

"저번에 문자랑 이메일로도 말씀드렸지만 이게 일종의 인터뷰라서요, 촬영 좀 해도 될까요?"

"촬영? 나를?"

아저씨가 에어컨 바람으로도 감당이 안 될 만큼 땀을 분출하기 시작했다. 그러더니 뒤를 돌아 우림 언니를 보고, 다시 몸을 돌려 속삭이듯 말했다.

"너 어디 방송국 사람들이랑 같이 온 거야? 아니면 유튜브? 너희 아빠가 그렇게 된 건 정말 안됐지만 난 아무 짓도 안 했어. 내가 아니라 천 팀장 그 작자를 탓해야지. 난 팀도 달랐고, 항상 준영이 편이었고…."

"방송 아니에요. 말씀드렸잖아요, 행성시 UCC 공모전에 낼 거라고요. 얼굴 안 나오게 찍을게요. 그것도 싫으시면 목소리만 따고요."

"아니, 싫다. 난 거부할 권리가 있어. 그 어떠한 형태의 촬영이든 거부하겠어!"

처절하도록 결연한 말투라 헛웃음이 나려고 했지만 참았다. 박민수 씨에게는 거부할 권리가 있었다. 지당하신 말씀. 반면 나는 이 사람을 추궁할 권리가 없다. 아무런 권리도 주장하지 못하고 죽어라 일만 하다 떨려 나간 차준영 씨의 딸, 차온화일 뿐이니까.

"그럼 그냥 몇 가지만 물어봐도 돼요?"

"뭐가 궁금한데?"

"아빠가 고용노동부인가, 거기다가 신고하고 싶다고 한 거요. 천 팀장이란 사람한테 아저씨가 알려 준 거예요?"

아저씨 눈빛이 흔들렸다. 짐작컨대 아저씨가 아빠의 친구가 아니었다면, 내가 아빠의 딸이 아니었다면, 지금 막 기억났는데 우리가 처음 만난 오리구이 집에서 어린 내가 귀여운 오리를 어떻게 먹냐면서 흐느껴 울었을 때 아저씨가 달래 주지 않았다면… 민수 아저씨는 좀 더 뻔뻔하게 부인했을지도 모른다. 하지만 찰나의 망설임이 그쪽 퇴로를 막았다.

"준영이를 천 팀장한테 일러바치려던 게 아니라, 난 그저 둘을 중재하려는 생각이었어. 뭐든 좋게 해결하면 좋잖아. 좋은 게 좋은 거니까."

"그래서요? 좋게 해결이 됐어요? 전 잘 모르겠거든요."

나는 어깨를 가볍게 으쓱하고는 사이다를 한 모금 마셨다. 맞은편에 앉은 우림 언니가 고개를 끄덕여 잘하고 있다는 신호를 보냈다. 무심한 듯 강한 척하고 싶다면 어깨를 으쓱이고 음료를 마시라던 우림 언니의 조언을 1회 실행했다.

"내가 그런 거 아니라니까, 인화야!"

아저씨는 답답하다는 듯 셔츠를 펄럭여 부채질하더니 휴대폰을 확인했다. 문자 메시지와 전화가 계속 왔다. 부르르 떨리는 휴대폰이 꼭 아저씨처럼 조급하고 초조해 보였다.

"그거 따지고 싶어서 보자 그랬니?"

"따지고 싶다기보단, 알고 싶어서요. 궁금한 거 또 있어요. 천 팀장은 이름이 뭐예요? 지금 뭐 해요?"

"천도윤 그 나쁜 새끼?"

격앙해서 외치더니 아저씨는 "미안" 하고 웅얼거렸다. 우리 아빠를 못살게 괴롭힌 사람을 내 앞에서 욕하고는 사과하다니 우스웠다.

"천도윤 그 인간이 회삿돈 빼돌려서 도망치는 바람에 회사가 망한 거나 마찬가지야. 안 그래도 자금 사정이 안 좋아서 위태위태했거든. 사장 친척이라고 그렇게나 어깨에 힘주고 다니더니 뒤통수나 치고, 아는 사람이 더 무섭다니까."

아는 사람이 더 무섭다고? 나는 아빠가 잘 안다 여기고 믿었을 박민수 씨를 바라봤다. 이 아저씨는 왜 천 팀장에게 우리 아빠와 나눈 이야기를 전했을까. 정말 중재하고 싶어서? 아니면 사장의 친척에게 잘 보이고 싶어서? 왜 우리 아빠를 못 본 척했을까. 왕따에게 알은척하다가 자기도 왕따당할까 봐 무서워서? 학교에서도 그런 일은 일어난다. 왕따와 친한 애는 어느 결에 왕따가 된다. 교실이랑 사무실이랑 똑같잖아. 쓴웃음이 나온다. 저런 어른이라면 정말이지 되고 싶지 않아.

"너희 아빠 괴롭힌 사람은 천벌 받을 거다. 안 그래도 그놈, 도망자 신세야. 지명 수배자라서 전국 곳곳에 전단지 붙었을걸."

"그건 돈 빼돌려서 그런 거 아니에요? 아빠를 괴롭혀서 수배당한 게 아니라."

"그건 그렇지만…."

"그래도 꼭 잡히면 좋겠네요. 벌 받아야죠."

"그렇지, 벌 받아야지."

내 말에 맞장구치면서도 켕기는지 떨떠름한 표정이다. 양심의 가책도 벌이라면 벌일까? 정확한 사정도 모르면서 아빠를 피하고 싶어한 내 마음이 이렇게 아픈 것처럼?

"우리 아빠요, 밥을 혼자 먹었나요?"

"뭐?"

예상치 못한 질문이었는지 아저씨가 미간을 찌푸리며 되물었다.

"밥이요, 밥. 누구 같이 먹는 사람이 있었나 해서요."

"밥이야 팀 사람들이랑 같이 먹었지. 천 팀장 오기 전까지는…."

아저씨는 말끝을 흐리더니 입을 다문다.

나는 창밖으로 시선을 돌렸다. 길 건너로 여름 바다가 출렁이고, 날개를 펼친 갈매기가 수면을 스쳐 날았다. 아빠와 마지막으로 같이 밥을 먹었을 때가 언제인지 기억나지 않지만 뭐, 괜찮다. 새들도 벌레나 물고기나 그런 것들을 혼자 먹잖아. 그러니까 괜찮아. 아빠는 자유로운 새를 동경했으니까, 두 날개만으로 바다를 건너 먼 나라로 옮겨 가는 새들에게도 슬픔은 있으니까, 우리는 새가 되지 못하고 날개를 접은 인간이니까.

"'내일 죽는다면 오늘 마지막으로 남기고 싶은 말은?'이란 주제로 인터뷰를 하고 있거든요. 혹시 한마디 해 주실 수 있어요?"

아저씨는 손안에 쥔 구깃구깃한 휴지로 이마와 뺨을 문질러 닦았다. 때처럼 밀린 휴지 조각이 얼굴 여기저기에 붙는다. 나는 휴지를 가지러 1층으로 내려갔다. 그동안 도망갈 테면 도망가세요, 하는 심정으로 꾸물거렸는데, 2층으로 오니 아저씨는 제자리에 앉은 채였다. 나는 휴지 뭉치를 그 앞에 놔 줬다.

"내일 죽는다면 오늘 나는, 나는… 이거 꼭 해야 되는 걸까?"

살려 달라는 듯 애절한 말투. 나는 대답을 강요할 권리가 없으니 아저씨는 멀쩡한 두 다리로 얼마든지 이곳을 빠져나가도 된다. 그런데 아저씨의 엉덩이가 의자에 들러붙어 떨어지지를 않는 모양이다.

"준영아. 나야, 민수. 나는 있지, 준영아…."

아저씨가 울음을 터뜨렸다. 두 손으로 얼굴을 감싸 쥐고 흐느낀다. 우림 언니가 '너 괜찮아?' 하는 표정으로 나에게 눈짓하고, 다솔이도 뒤를 돌아봤다. 다솔이를 데려온 일이 현명한 행동이었을까. 쟤가 오지 않아도 될 곳에서 보지 말아야 하는 모습을 보는 게 아닐지 걱정스러웠다. 그러나 다솔이의 눈에는 두려움이나 당혹감 대신 어른스러운 연민이 어른거렸다.

"준영아, 내가 잘못했어. 미안하다. 너 그렇게까지 힘들어한다는 걸 알았으면… 회사 관두고 잘 지내겠거니… 생각했어. 앞으로는… 안 그럴게. 다른 사람한텐 안 그럴게."

아저씨는 딸꾹질까지 해 가며 울었다. 내일 죽는다고 가정하면서 '앞으로는'이란 단서를 붙이다니. 그래 뭐 그렇다 치자. 단 하루라 해도 날은 날이고 인생은 인생이니까. 아빠에게 남은 인생이 단 하루라도 있었다면, 민수 아저씨가 하는 말을 들었을 텐데. 그러면 아빠는 뭐라고 대답했을까.

우리뿐인 넓은 공간에 중년 아저씨가 끅끅거리며 우는 소리가 퍼졌다. 쟁반에 햄버거 세트를 받쳐 들고 올라온 사람이 깜짝 놀라 허둥대며 내려간다. 아저씨 휴대폰으로 전화가 두 번, 세 번, 네 번, 끊이지 않고 왔다. 아저씨는 휴대폰을 확인하더니 휴지로 눈물을 닦으며 의자에서 일어났다. 그러고는 바지 주머니에서 고무줄로 여민 종이 한 묶음을 꺼내 탁자에 올려놓더니 퇴장.

나는 눈물 몇 방울이 묻은 종이 묶음을 집게손가락 끝으로 잡아당겼다. 유원지 놀이공원의 자유이용권이었다. 우림 언니와 다솔이가 내 앞으로 옮겨 왔다. 우리는 낮술 마신 사람처럼 흐느낌에 취해 비틀거리며 멀어져 가는 아저씨를 유리창 너머로 지켜봤다. 그렇게 한참 말없이 앉아 있다 보니, 누가 먼저랄 것도 없이 배에서 꼬르륵 소리가 났다. 우림 언니가 1층에 가서 햄버거 세트 3인분을 사서 올라왔다.

"여기가 우리 동네보다 더 맛있어요. 동네마다 맛이 조금씩 다른가 봐요."

다솔이가 두 손으로 햄버거를 붙잡고 베어 먹으며 말했다. 오늘은 다솔이 기억 속에 어떤 날로 기록될까. 동네 언니들과 울보 아저씨를 만나러 간 날? 바닷가 유원지에서 햄버거를 먹은 날? 창가에 앉아 갈매기를 구경한 날? 어느 쪽이든 좀 이상한 날로 남겠지. 그러나 혼자 있는 외로움보다는 함께 있는 이상함이 나을지도 몰랐다.

"너 놀이기구 타는 거 좋아해?"

내 질문에 다솔이가 햄버거를 우물거리며 고개를 끄덕였다. 나는 자유이용권 뭉치에서 표를 한 장씩 빼서 다솔이와 우림 언니에게 나눠 줬다.

"나머지는 어쩌게? 많이도 주고 갔네."

"필요한 사람들 나눠 주려고. 언니 더 가질래?"

"난 오늘 하루로 충분할 듯. 이거 다 먹고 가 보자."

"그래. 다솔이는 더 안 필요해?"

"언니가 갖고 있다가 나중에 같이 또 와 주면 안 돼요?"

"알았어. 여기 오고 싶으면 언제든 말해."

옛날 감성을 즐기는 한별이에게도 몇 장 주면 좋아할 듯했다. SNS를 돌아다니다 보면 이곳 놀이공원에 다녀왔다는 게시물을 종종 만나는데, 완만히 쇠락하다가 어느 시절의 감성에 멈춘 곳으로 그 나름 유명했다. 건우한테도 한 장 줘야 하나. 걔 취향이 어떨지 가늠이 안 되네.

햄버거를 다 먹고 놀이공원으로 향했다. 금요일 오후인데도 너무 일러서 그런가, 사람이 없었다. 놀이기구를 타러 간다고 신나서

걷던 다솔이가 파출소 앞에서 멈춰 섰다. 알림판에 '중요지명피의자 종합공개수배' 전단지가 붙어 있었다.

"어!"

다솔이뿐만 아니라 나와 우림 언니 입에서 동시에 튀어나온 탄성이었다. 수배자 20번, '사기'란 죄목 아래로 사진과 '천도윤(49, 남)'이란 신상이 나와 있었다. 수배 전단지가 전국에 깔렸다더니 진짜였네. 당신이 천도윤이야? 나는 눈을 가느스름하게 뜨고 사진을 째려본다. 인상이 아주 음흉하고 사악해 보인다. 우림 언니는 사진 속 얼굴을 한 대 치기라도 할 듯 주먹까지 쥐고 있나.

"이 사람 맞죠?"

다솔이가 20번 천도윤을 가리키며 물었다. 박민수 아저씨가 '천도윤 그 나쁜 새끼'라고 우렁차고 또렷하게 외쳤으니 다 들렸겠지.

"맞는 거 같아. 천도윤이 흔한 이름은 아니잖아."

다솔이가 말랑말랑한 케이스에 둘러싸인 휴대폰을 꺼내 천도윤의 사진을 찍었다. 나도 가만있을 수 없어 천도윤을 찍었다. 우림 언니도 휴대폰을 포스터 가까이 들이대고 천도윤을 찍었다. 천도윤은 우리한테 단단히 찍혔다.

자유이용권을 내고 놀이공원에 입장했다. 파란 하늘을 배경으로 느릿느릿 움직이는 대관람차와 아무도 태우지 않아 지루해 보이는 말들이 빙글빙글 도는 회전목마, 삐걱대는 바이킹, 탈 만한 놀이기구는 그 정도였다.

"우리 바이킹 타요! 저거 위험하대요."

다솔이가 바이킹을 가리키며 말했다.

"위험하니까 타자는 말은 논리적으로 모순인 듯?"

우림 언니가 매점에서 산 고구마 스틱을 먹으며 대답했다.

"위험하니까 재미있죠. 스릴 넘치잖아요."

우림 언니가 그런 위험한 말은 하지 말라는 듯 고구마 스틱을 다솔이 입에 한꺼번에 세 개나 넣어 줬다. 삐져나온 고구마 스틱 때문에 덧니 난 공룡처럼 보이는 다솔이.

"좋아, 타자! 저거 타다가 죽은 사람은 없잖아."

"시스터, 다친 사람은?"

의외로 소심하게 나오는 우림 언니는 나에게 끌려가지 않으려고 힘을 주며 버텼다.

"없어, 없어."

이 바이킹을 타다가 기구 앞머리에 달린 커다란 장식이 떨어져 나가는 바람에 까무러칠 뻔했다던 피드가 떠올랐지만, 쓸데없는 말로 분위기 망치지 말 것. 기대감으로 또랑또랑한 다솔이 눈을 보란 말이지.

다솔이는 박진감 넘치는 맨 뒷자리에 앉겠다고 했다. 다솔이의 1일 보호자인 두 동네 언니도 다솔이 양옆에 앉았다. 안전 바가 내려오자마자 출발한다는 방송이 나오더니 단 1초도 지체하지 않고 출격. 우림 언니가 끄악, 소리를 뱉더니 입안에 남은 고구마 스틱을 얼른 씹어 삼킨다. 유원지라 비싼 돈 주고 산 간식이라서.

바이킹은 출렁출렁 덜컹덜컹 흔들흔들 아슬아슬했다. 다솔이는 두 팔을 쳐들고 끼아악 즐거운 비명을 질렀다. 나는 조금 전에 먹은 햄버거를 게워 내지 않으려고 안간힘을 다했고, 우림 언니는 다 엄살이었는지 깔깔 웃으면서 어깨춤을 췄다.

바이킹이 구름과 손뼉이라도 마주치듯 치솟았을 때, 하늘이 눈을 깜빡이며 우리를 사진 찍었다. 찰칵, 오늘치 기억에 적힐 우리 모습이었다.

# 9

"온화야!"

 등 뒤에서 부르는 소리에 멈춰 섰다. 나를 이렇게 부르는 사람은 요즘 지구상에 한 명뿐이다. 아니나 다를까, 건우가 빠른 걸음으로 다가온다.

 나는 새별중 애들, 특히 한별이가 있나 싶어서 주변을 둘러봤다. 한별이는 배탈이 나서 입원한 또또를 병문안하러 바람처럼 달려갔는데도 어째 안심할 수가 없다. 다른 얘기를 하다가도 뜬금없이 "아직도 1일이 아니라고?" 묻는 통에 골치가 아프다.

"집에 가는 거야?"

 건우 말에 고개를 끄덕였다. 당연히, 이 길로 가면 집이 나온다. 우리 집과 건우네 집.

 우리는 가로수 그늘로 들어섰다. 건우 몸이 반은 그늘에, 반은 햇볕에 걸쳤다. 나는 담장 쪽으로 좀 더 붙었다. 더운 날이었고 사밖에서 매미가 울었다.

"방학 때 뭐 해?"

건우가 물었다. 오늘 여름 방학을 했다. 일주일 전에 2학기 자리 배치를 미리 해서 이제 우리는 짝이 아니다.

"그냥 학원 가고 그럴 거 같은데."

"인터뷰는?"

"그것도 해야지. 두세 명 더 하려고."

"바쁘겠네."

"참, 놀이공원 좋아해? 표 생겼는데 줄까?"

요 며칠 언제 말하나 기회만 엿보고 있었는데도 지금 막 생각난 듯 물어본다. 건우가 걸음을 멈추더니 나를 봤다. 얼굴이 약간, 아주 약간 상기돼 보였다면 착각일까.

"몇 장?"

공짜 표인데 몇 장이냐고 묻다니, 의외로 뻔뻔한 타입인가.

"몇 장 필요한데? 많아. 스무 장쯤 있어."

"스무 장? 그렇구나."

이 역시 착각일지 모르겠으나 건우는 어쩐지 실망한 표정이 되더니 발걸음을 옮겼다. 애 뭐지? 100장쯤 필요한가? 나는 가방을 옆으로 내려 자유이용권을 네 장 꺼냈다. 두 장 주면 나랑 가자는 이야기 같아서 그 두 배인 네 장.

"여기, 이거. 잠깐 놀기엔 괜찮더라."

"이렇게 많이 줘?"

몇 장 줄 거냐고 묻던 애가 네 장으로 놀라기는? 어쨌거나 건우는 고맙다고 말하더니 표를 받아서 손에 쥔다.

"저번에 너, 새가 좋아졌다고 했잖아. 아직도 그런 거지?"

"그렇지, 아무래도? 시간이 얼마 지나지도 않았잖아."

"그래서 말인데, 저어새 보러 갈래?"

"저어새? 그런 새가 있어?"

건우가 저어새 사진을 보여 줬다. 햇빛 때문에 휴대폰 화면이 안 보여서 그늘로 파고들어 손차양까지 만들어 붙였다. '저어새는 우리나라 서해안에서 번식하는 새로, 세계적인 멸종 위기종이다'라는 설명 아래 부리와 다리는 검고 몸통은 하얀 새가 나왔다.

"부리가 주걱처럼 생겼네."

전체적으로 기다랗고 끝부분은 둥그스름한 부리가 그 뭐지, 호박죽 같은 걸 저을 때 쓰는 나무 주걱 같다.

"맞아! 부리를 주걱처럼 좌우로 저어 가며 먹이를 찾는다고 해서 저어새래."

"오, 진짜?"

얼떨결에 정답이라 살짝 신이 났다. 그 덕분인지 저어새란 애들에게도 호기심이 생겼다.

"버스로 한 시간쯤 가면 저어새 번식지가 있거든? 얘네가 여름 철새라 지금 가면 볼 수 있어. 방학도 했고 한번 가 보면 좋을 거 같아서."

건우는 홈 화면에 '저어새'라고 저장해 둔 인터넷 페이지를 열었다. 우리는 머리를 맞대고 서서 글과 사진을 봤다. 행성시 외곽 유수지에 작은 인공 섬이 있는데, 저어새 무리가 봄마다 그곳으로 찾아와서 알을 낳아 새끼를 키운다고, 그렇게 여름을 나고 10월에서 11월이 되면 홍콩이나 대만 등지로 떠난다고 한다.

"섬에는 못 들어가지만 주변 생태 공원에서 보면 돼. 탐조대도 있고 망원경도 빌려주대. 재미있을 거 같지 않아?"

"재미있을 거 같아!"

재지도 따지지도 않고 대답했다. 방금 알았지만 딱 이 시기에 볼 수 있는 새라니, 이건 못 놓치지.

"언제 갈까? 언제쯤 시간 돼?"

건우가 기다렸다는 듯 물었다. 그제야 나는 눈알을 굴리다가, "다음 주 금요일쯤?"이라고 대답했다. 오늘은 화요일이다. 바쁜 척 좀 하고 싶었다. 건우와 새를 보러 가는 날이 천천히 오면 좋을 것 같기도 하고.

"좋아 그럼, 금요일 오전에 가자. 정확한 시간은 전날쯤 정하고."

"저번에 영화 보러 가는 건 숙제였고, 이번에 새 보러 가는 건 숙제 때문에 그러는 거 아니지?"

말하는 도중에도 내가 왜 이런 말을 꺼냈을까 후회됐지만 중간에 입을 다물면 더 이상해질 듯해서 끝까지 말해 버렸다. 당연히 숙제는 아니지, 같은 학교 같은 반인데 그걸 몰라? 쓸데없는 말은 왜 한 거야, 차온화! 저어새를 보러 가자고 하는 이유는 충분히 들었잖아! 심장이 두근대거나 얼굴이 빨개지면 끝장이라는 각오로 평정심을 유지하려 기를 썼다. 머릿속 뇌세포가 '망했다. 망했어!' 비명을 질렀다. 나도 망한 거 아니까 조용히 할래? 방금 전까지는 뭐 하다가 이제 와서 난리야.

"어? 어, 그런 건 아니지. 너도 새를 좋아하고 나도…."

건우는 중얼거리면서 괜히 자유이용권을 눈앞으로 가져가 한 장씩 앞뒤로 뜯어봤다. 오류를 일으켜서 엉뚱한 동작을 반복하는 로봇처럼. 그러더니 뜬금없이 물었다.

"이런 표 말이야, 넌 어때? 쓰고 나면 버려? 아니면 모아 놔?"

"따로 모으지는 않지만 굳이 버리지도 않는데? 그냥 놔둬."

내 대답에 고개를 끄덕이더니 자유이용권을 가방에 넣는 건우.

보배아파트 앞에 도착했다. 나는 다음에 보자고 인사하고 길을 건넜다. 걷다가 뒤를 돌아보니 막 떠나려던 건우가 손을 들어 보인다. 나는 어깨를 으쓱과 움찔의 중간 단계로 움직이고는 가던 길을 갔다.

오늘도 아파트 앞에서는 집회가 열렸다. 평일에 한여름 한낮, 열 명쯤 되는 참가자 중에 엄마는 없었다. 나는 엄마와 마주치지 않아서 다행이라고 안도하며 상가 건물 1층에 있는 보배슈퍼로 갔다. 가게는 주인 없이 빈 상태였다. 주인아저씨가 보배아파트 비상대책위원회의 위원장이라 주로 집회 현장에 있기 때문이다. '바로 요 앞에 있습니다. 계산하실 분은 전화 주시면 20초 안에 달려오겠습니다'라는 마분지로 된 안내판이 책상에 놓여 있다. 아저씨는 시청이나 국회 등등 먼 곳에서 집회를 할 때는 어디로 집회 갑니다, 하는 안내문을 붙여 놓고 아예 가게 문을 닫기도 한다.

냉장고에서 이온 음료를 여러 병 꺼내서 계산대로 옮기는 중에 아저씨가 가게로 들어왔다. 왼쪽과 오른쪽에 한 글자씩 나누어서 '안선'이라 크게 쓰인 조끼 차림이다.

"1동 1102호구나? 몽글피자 민 사장네!"

"네, 안녕하세요."

나를 보는 아저씨 눈에 뭐라 설명할 길 없는 감정이 스쳐 간다. 아이고 불쌍한 녀석, 하는 연민이겠지만 기분이 나쁘지는 않다. 아저씨는 나를 그런 눈으로 봐도 괜찮다. 아빠가 옥상에서 추락했을 때, 경황없는 엄마를 대신해 119와 112에 신고해 준 분이니까. 장례식장에도 왔고, 화장터까지 동행해 줬다. 엄마가 아빠와 다투다가 아빠를 옥상에서 밀었다는 둥 말도 안 되는 소문이 돌자 쑥덕대는 사람들에게 아까운 밥 먹고 허튼소리 하지 말라고, 사람이 한 번 죽었으면 됐지 말 몇 마디로 산 사람까지 죽이지는 말라며 동네가 울리도록 호통을 치기도 했다. 그때 감사했어요, 아저씨.

"음료수를 많이 사네. 친구들이랑 어디 놀러 가요?"

아저씨가 체크 카드를 받아 계산해 주며 물었다.

"그게 아니고요, 저 혹시, 집회하시는 분들한테 드려도 될까요?"

"이걸 우리한테 주려고?"

"더우실 거 같아서요."

예전보다 수척해진 아저씨의 두 눈이 휘둥그레졌다. 내가 뭐 잘못했나? 뭔가 건방진 짓이라든가? 식은땀이 다 난다. 집회의 세계에는 내가 모르는 규칙이 있을지도.

"이렇게 신경을 다 써 주고, 고마워요. 민 사장이 우리 딸 착하다고 그러더니 그 말이 진짜네. 아주 잘 컸어."

"네? 엄마가요?"

아저씨의 호응에 마음이 놓이기도 잠시, 엄마가 날 착한 딸이라고 했다는 말에 놀라고 말았다. 뭐지, 반어법인가? 딸을 그렇게 막욕하고 다녀도 되나?

"그렇다니까. 이건 내가 갖다줄까요? 안 그래도 날이 더워서 생수 한 병씩 가져가서 돌리려고 왔는데 타이밍이 딱 맞았네."

"저기, 뭐 하나만 부탁드려도 돼요?"

"부탁? 말해 봐요."

"행성시 UCC 공모전에 내려고 동네 분들 인터뷰를 하고 있거든요. 잠깐 인터뷰 좀 해 주실 수 있을까 해서요. 주제는…."

"인터뷰라면 대환영이지! 방송국, 신문사, 유튜브, 블로그, 그 뭐냐, 인스타? 어디하고든 한 번이라도 더 인터뷰를 해서 우리 억울함을 알려야 돼. 기다려 봐요, 내가 이것만 갖다주고 20초 안에 올 테니까."

이건 그런 인터뷰가 아니고요, 설명할 새도 없이 아저씨가 가게를 나섰다. 사람들에게 음료수를 나눠 주는 모습을 가게 문으로 고개만 빼고 지켜봤다. 더위와 피곤에 지쳐 손 팻말을 든 채 축 처진 사람들이 차가운 음료수를 마시며 잠시나마 기운을 차리면 좋을 텐데.

언젠가부터 집회 현장은 보배아파트 앞에 일상으로 자리 잡았다. 그동안은 낡고 해진 현수막처럼 별다른 감정이나 생각 없이 현장을 지나쳤는데, 아빠의 일기를 읽고부터는 그 익숙던 풍경이 달리 보인다. 저 사람들은 세상의 부당함과 맞서 싸우는 중이었다. 안전한 집에 살고 싶어서, 잘못된 현실을 고치고 싶어서.

"난 여기 앉을게요. 이 자리가 화면에 잘 나오더라고. 학생 휴대폰으로 찍나? 요즘은 휴대폰이 좋아서 카메라가 따로 필요 없겠더만. 자, 시작합시다."

20초는 과장이고 2분 만에 돌아온 아저씨가 계산대 뒤에서 의자를 끌어내 냉장고 앞에 앉더니, '안전'이란 글자가 잘 보이게 옷매무새를 가다듬었다. 나는 그런 인터뷰가 아니라는 말을 하는 데 또 실패하고 거치대에 휴대폰을 고정했다. 거치대를 갖고 오길 잘했다. 미약한 장비발이라도 있어 보이잖아.

촬영에 들어가자 아저씨가 이야기를 풀어놓았다. 지하 터널이 보배아파트에 어떤 악영향을 미쳤는지, 아파트가 얼마나 기울었고 각 세대가 무슨 피해를 입었는지, 시공사와 시청과 관련 공기관이 얼마나 무성의하게 책임을 떠넘기고 있는지, 보배아파트 주민들의 요구 사항은 무엇인지…. 3분이 넘어가자 나는 아저씨 말을 나라도 들어 주자는 심정이 됐다.

"팻말 들고 구호 외쳐 봤자 그게 무슨 소용이냐며 혀를 차는 사람들도 있습니다. 그래 본들 그 큰 기업이나 시에서 눈 하나 꿈쩍하겠느냐고, 달걀로 바위 치기라고요. 그럼 그냥 손 놓고 넋 놓고 세월만 보내란 말입니까? 평생 보금자리가 못쓰게 망가지고 있는데? 달걀이라도 던져서 주의를 끌어야죠. 우리 여기 있다고, 포기하지 않는다고 외쳐야죠. 작은 목소리도 모이면 커집니다. 우리는 끝까지 싸울 겁니다. 되는 데까지 해 볼 겁니다!"

플라스틱 의자에 손 팻말을 들고 앉아서 졸던 엄마. 주문이 많은 토요일이나 일주일에 딱 하루 있는 정기 휴일을 반납하고 왜 집회 현장에 나오는지 알 것도 같았다. 혼자서 앓고 속으로만 삭이다가 끝내 무너진 아빠 생각이 나서가 아닐까. 아빠를 위해서라도, 아빠를 대신해서라도, 그게 무엇이든 끝까지 싸워 보고 싶어서 말이다.

"질문은 없어요? 인터뷰하러 오면 이것저것 물어보던데 나만 떠들었네."

드디어 기회가 왔다!

"내일이 인생에서 마지막 날이라면 오늘 무슨 말을 남기고 싶으세요?"

"그런 질문은 처음인데?"

고개를 갸웃거리기도 잠시, 아저씨는 오른손을 들어 주먹을 쥐었다.

"내일이 인생 끝 날이라면, 내가 오늘 남기는 말은 이겁니다."

휴대폰 카메라를 똑바로 바라보며 말하는 아저씨.

"내일도 보배아파트 정문 앞에서 집회가 열립니다. 많이들 와 주세요!"

\* \* \*

보라 옷 수선집 소파에 앉아 있으려니 우림 언니가 짧게 편집한 동영상 두 개를 보내왔다. 손님을 응대하던 보라 할머니가 조금만 더 기다려 달라는 눈짓을 한다. 나는 얼마든지요, 하는 웃음을 지어 보이고는 소리를 최하로 낮춰서 동영상을 재생했다. 이럴 줄 알았으면 이어폰 갖고 올걸.

**이연숙(58세, 자영업)**
**▶ 지하 터널로 자목련동에 어떤 변화가 생겼다고 생각하세요?**

"우리 가게는 위치가 좀 벗어나서 그런가, 별 피해는 없는데 문제는 공사할 때였지. 하루에도 몇 번씩이나 쾅! 쾅! 폭탄 터지는 소리가 나는데 아이고, 깜짝깜짝 놀라서 음식 나르다가 떨어뜨릴 뻔하고 그랬어요. 그때 놀란 가슴 때문에 아직도 약을 먹어야 잠이 와요. 나 같은 사람이 이 동네에 나 하나가 아니야. 많아요, 많아."

두 번째는, 언니에게 며칠 전 보내 준 보배슈퍼 아저씨 인터뷰 영상의 편집본이다. 내가 하지 않은 질문까지 자막으로 만들어서 붙여 놨다. 뭐, 문맥상 틀린 말은 아니니까.

**곽재승(54세, 자영업/보배아파트 비상대책위원회 위원장)**
**▶ 지하 터널로 인한 피해를 보상해 달라는 집회를 열고 계시는데요, 한 말씀 부탁드립니다.**
"작은 목소리도 모이면 커집니다. 우리는 끝까지 싸울 겁니다. 되는 데까지 해 볼 겁니다!"

손님이 가자 보라 할머니는 '잠시 외출 중'이란 팻말을 내걸더니 가게 문을 잠갔다.
"미안하구나. 오래 기다렸지?"
"아니에요, 괜찮아요."
"착하기도 해라."
왜들 이러실까, 나 안 착한데.
보라 할머니가 미니 냉장고에서 식혜를 꺼내 따라 줬다. 보배아파트로 이사 와서 할머니를 처음 만났을 때도 식혜를 얻어 마셨다. 그때부터 나는 할머니가 담근 이 달고 진한 식혜에 얼마쯤 중독된 상태다. 우림 언니는 왜 음료수에 밥풀이 가라앉아 있냐며 싫어하지만 그 덕에 경쟁자가 줄었으니 나한테는 이득.

"안 그래도 온화가 잘 지내나, 전화라도 한 통 걸어 볼까 했지."

"앞으로 가끔 올게요."

"언제든 와서 놀다 가렴. 오늘 나 어떠니? 화면에 잘 나오겠어?"

보라 할머니가 한 손으로 작업대를, 다른 손으로는 허리를 짚고 서서 말했다. 연보라색으로 물들인 모시 원피스에 은빛 머리카락이 잘 어울린다.

"엄청 예쁘게 잡히고 있어요."

거치대에 올린 휴대폰으로 보라 할머니를 보며 대답했다.

"내일 죽는다면 오늘 남길 말, 그거였지? 나라면 어떤 말을 남기고 갈까, 며칠 동안 곰곰이 생각해 봤지. 아닌 게 아니라 내일 당장 죽는다 해도 크게 이상하지는 않을 나이잖니."

"저는 그런 뜻이 아니라요…."

"그런 뜻 아니란 거 안다. 내 나이쯤 되면 그렇다는 얘기야. 두서없이 말해도 솜씨 좋게 편집해 주는 거겠지?"

"그럼요, 우… 우려하지 마세요."

'우림 언니가 해 드릴 거예요'라는 말이 튀어나오려 해서 간신히 틀어막았는데 뭐, 우려하지 마세요? 어디서 주워들은 건 있어 가지고.

"남기고 싶은 말이 100가지쯤은 있다만 그걸 다 펼쳐 놨다가는 우리 차온화 감독님이 졸다가 쓰러질 테고, 줄이고 줄여서 세 가지만 말해도 될까?"

"많이 말씀하셔도 되는데. 큐 사인 드릴까요?"

"부탁해요, 감독님."

"큐!"

보라 할머니는 목소리를 흠흠, 가다듬더니 말을 시작했다.

"첫 번째, 걱정하기보다는 행동하세요. 걱정은 마음을 어지럽히지만 행동은 상황을 바꿉니다. 두 번째, 사람이든 동물이든 자연이든, 주변에 친절을 베푸세요. 그런데 누구보다 나 자신에게 상냥해야 해요. 나 자신과 다정한 친구가 되세요. 세 번째, 숨기지 말고 드러내세요. 고민이 있으면 털어놓고, 불이 났으면 '불이야!' 외치세요. 누가 나쁜 짓을 하고 있으면 그 사람을 가리키며 고함이라도 지르세요."

촬영이 끝나자 보라 할머니는 우리 차 감독 고생했다면서 미니 냉장고의 조그만 냉동실에서 아이스크림을 꺼냈다. 하나씩 포장을 벗기면 나오는 네모난 알맹이가 달고 부드러웠다. 나는 아이스크림을 다섯 조각이나 먹고 식혜도 한 잔 더 마셨다.

"옆집 반찬 가게에서 준 건데 가져가렴. 요즘 치과 치료를 받고 있어서 이에 달라붙는 건 못 먹거든."

보라 할머니는 우엉조림과 연근조림까지 챙겨 줬다. 우엉조림은 우엉 좋아하는 우림 언니 갖다줘야지 생각하며 받아 드는데, 수선 작업대에 놓인 고지서가 보였다. 보배아파트 거잖아? 관리 사무소에서 한 달에 한 번씩 우편함에 꽂아 놓고 가는 고지서가 여기 있다고? 그 말인즉 보라 할머니가 보배아파트에 왔었다는 뜻이다. 관리비에는 수도랑 전기 같은 공과금이 포함돼 나올 텐데. 공식적으로 빈집이고 비공식적으로는 우림 언니의 피난처인 1동 1202호에서는 전기와 수도 계량기가 종일 돌아간다.

"우리 집 김치냉장고에 식혜를 세 병이나 넣어 두고 왔는데 그게 지금 딱 맛이 들었을 때거든. 난 건강 검진 받았더니 혈당이 높아졌다고 단 걸 줄이라고 그러지 뭐니. 식혜 그 아까운 걸 그냥 두지 말고 누가 좀 먹어야 할 텐데…."

보라 할머니가 작업대를 정리하며 누구 식혜 좋아하는 사람은 들으라는 듯 중얼거렸다.

나는 우림 언니가 좋아하는 반찬이 든 장바구니와, 내가 싹 비운 식혜 잔과, 보배아파트 관리비 고지서를 번갈아 보다가 미궁에 빠져들었다. 혹시 보라 할머니, 손녀딸 장우림이 지금 어디에서 지내고 있는지 아는 것 아닐까?

옷 수선집을 나서서 골목 모퉁이를 돌자마자 참지 못하고 이 의혹을 우림 언니에게 털어놓았다. 그러자 득달같이 답이 온다.

우림 언니
> 결국 들켰구나. 그렇게 조심하라고 했는데
>
> 오후 5:14

오후 5:14 난 아무 말도 안 했어!

우림 언니
> 어쩐지 불안하더라 진짜. 근데 뭐 어쩌겠어. 할머니는 비밀 지켜 줄 거야
>
> 얼른 와서 식혜나 처리해라 시스터! 그리고 난 우엉조림으로 줘
>
> 오후 5:16

안 그래도 우엉 주려고 했어
오후 5:16 암튼 할머니 인터뷰야

오후 5:17

우림 언니
> 나쁜 사람한테 고함이라도 지르라니, 역시 우리 할머니야
>
> 그 나쁜 회사 가서 1인 시위라도 할까? 여기에 나쁜 사람 많아요! 하고
>
> 오후 5:23

갈 때 나도 데려가!
오후 5:24 멀리서 촬영해 줄게

우림 언니
> 콜! 오후 5:24

# 10

 학원에서 돌아와 집 현관문을 열자, 맛있는 냄새가 났다. 엄마가 닭볶음탕을 만드는 중이다. 냄새만 맡아도 알겠다.
 "왔어? 다 됐으니까 손 씻고 앉아."
 엄마가 국자를 든 채 고개만 돌려 말했다.
 나는 방에 가방을 내려놓고 화장실로 가서 손을 씻었다. 오늘은 화요일, 피자 가게 휴일이다. 이런 날이면 엄마는 늦은 오후까지 밀린 잠을 자거나 피로에 젖어 부스스한 얼굴로 집회에 나가는데, 오늘은 해가 동쪽으로 질 예정인지 저녁밥을 하고 있잖아? 엄마표 닭볶음탕은 급식으로 나오는 것과 달랐다. 감자 대신 고구마를 넣고 푹 끓여서 고구마가 양념에 잼처럼 녹아들어 있다.
 엄마는 완성한 요리를 커다란 그릇에 수북하게 담아서 식탁 한가운데에 올렸다. 나는 밥솥을 열어 밥을 푸고 수저를 놓았다. 한쪽 면을 벽에 붙인 4인용 직사각형 식탁이라 자리 배치에 몇 가지 선택권이 있다. 짧은 면에 한 명씩 앉으면 서로 거리는 멀어도 마주 봐야 해서 어색하다. 엄마는 현관문을 보는 자리에, 나는 벽을 보는 자리에 니은 자로 앉는 편이 낫겠다. 아빠 휴대폰을 찾으러 가게에 갔다가 실랑이를 벌인 뒤로, 엄마와는 한층 더 서먹서먹해졌다.

냉장고에서 김치를 비롯해 반찬도 한두 가지 꺼냈다. 그중 하나는 보라 할머니에게 받아 온 연근조림이다. 연근조림을 그릇에 덜면서 천장을 힐끔 올려다봤다. 지금쯤 우림 언니도 우엉조림으로 밥을 먹지 않을까 싶어서.

엄마는 내가 정한 자리에 앉았다. 나도 내 자리에 앉는다. 우리는 양념이 배어든 닭고기와 고구마, 양파를 앞접시에 덜어서 뜨거운 밥 위에 한 숟갈씩 올려 먹었다. 먹는 방법이 똑같다. 내가 엄마를 보고 배워서 그렇다. 어릴 적, 엄마는 뜨거운 음식을 앞접시에 던 다음 식혀서 나에게 한입씩 먹여 줬다. 그런데 지금 엄마는 언제 붙였는지 모를 크리스마스 장식이 덜렁거리는 현관문을, 나는 빛바랜 벽지가 우그러진 벽을 보고 앉아 한마디도 하지 않고 밥만 먹는다. 그나마 이렇게 같은 식탁에라도 앉아 보는 게 얼마만인지.

"학교생활은 어때? 친구는 좀 생겼어?"

엄마가 안 하느니만 못한 말로 침묵을 깬다. 학교생활? 친구? 이제 1학기 끝나고 여름 방학인데?

"나 얼마 전에 방학했잖아. 몰랐어?"

"맞아, 방학했지. 모르긴 엄마가 왜 몰라."

누가 봐도 몰랐다는 표정이다. 나는 한숨 쉬거나 인상 쓸 에너지를 먹는 일로 돌렸다. 오래 끓여서 분리된 잔뼈를 씹는 바람에 어금니가 찌릿했다. 엄마는 바쁘고 피곤하고 걱정이 많다. 아빠가 떠난 뒤로 정상이 아니다. 내가 이해해야 한다. 엄마도 가끔 좀 미친 애처럼 구는 나를 그 나름대로 애써 이해하고 있을 테니까.

"집회하는 분들한테 음료수 돌렸다면서?"

"소문도 빠르네."

학교보다 집회 이야기를 할 때 눈동자에 힘이 들어가는 엄마가 어쩐지 얄미워서, 잘린 닭 뼈의 단면처럼 뾰족한 반응이 나왔다. 말을 뱉고 나서야 아차 싶다. 엄마가 얼마나 어이없고 악랄한 소문에 시달렸는지 알면서 소문 어쩌고 하다니. 하지만 졸업까지 한 학기 남은 중3한테 친구 생겼냐고 묻는 엄마가 어디 있어? 하나 주고 하나 받고, 비긴 셈 치자.

짧고 부적절한 대화 뒤에 침묵이 도돌이표처럼 찾아들었고, 엄마와 나는 밥 한 공기를 꾸역꾸역 비웠다. 닭볶음탕은 반도 넘게 남았다. 양도 너무 많고 예전 같은 맛이 아니다. 엄마의 쓰디쓴 마음으로 양념한 느낌이라 예전처럼 와아- 고기다, 하고 달려들 만큼 식욕이 돋지 않았다.

엄마는 식탁을 치우더니 고무장갑을 끼고 설거지를 시작했다.

예쁜 그릇만 골라서 깨 먹는 재주가 있는 나에게 설거지란 금지된 영역이다. 엄마가 기름기 가득한 냄비를 씻다 말고, 수도꼭지를 온수 쪽으로 끝까지 돌렸다.

"뜨거운 물 안 나와?"

나는 밥만 먹고 방으로 쏙 들어가기가 양심에 껄끄러워서 뭉그적거리다가 물었다.

"또 이러네. 보일러 코드 좀 뺐다가 꽂아 볼래?"

이놈의 보일러를 바꾸든가 해야지, 하는 후렴구는 따라붙지 않는다. 시원찮은 보일러나 냉장고를 바꾼다, 흉측해진 벽지를 뜯고 새로 도배한다, 무너질까 봐 불안해서 못 살겠으니 이사를 간다… 이런 돈 드는 후렴구는 엄마의 레퍼토리에서 전멸했다.

나는 낡은 보일러를 잠깐이라도 정신 차리게 하라는 임무를 띠고 보일러실로 출동했다. 그러나 보일러보다 바닥에 먼저 눈이 간다. 다이어리와 휴대폰을 꺼내고 봉해 둔 빈 상자가 보인다. 엄마가 눈치챘을까? 아빠의 일기를 읽었다는 이야기는 하지 않았다. 떠난 아빠와 남은 엄마를 생각하면, 깊고 어두운 터널 속을 헤매는 기분이 된다. 아무리 지하 터널이라도 불은 들어와야지, 이건 반칙 아닌가.

전원 코드를 뽑았다가 꽂는다. 우웅 소리를 내며 돌아가려던 보일러가 멈추더니 점검 불빛이 깜빡거린다. 몇 번을 시도해도 먹통이다.

"안 돼. 고장 났나 봐."

내 말에 엄마가 와서 해 봐도 마찬가지였다. 전원 코드를 다루는 손길에 숙련도나 연륜 차이가 있지는 않을 테니까.

"이게 왜 또 이래."

엄마가 중얼거리더니 다시 시도했다. 뽑은 코드를 숟가락이 들어갈 만큼 굵은 균열이 간 벽에 꽂는 순간, 팍 소리와 함께 온 집 안의 불이 꺼졌다. 벽에서 튀어 오르는 시퍼런 스파크를 본 듯도 싶었다.

"엄마?"

불러도 대답이 없다.

"엄마!"

무서워져서 소리쳤다. 집이 정전된 터널 안처럼 컴컴했다. 모든 전원이 나가 작은 불빛조차 없는 공간, 몇 걸음 앞에 있을 엄마마저도 보이지 않았다. 내가 꼭 거대한 터널 모양의 우주를 떠도는 얼음 조각이 된 듯했다.

"엄마! 엄마!"

"왜 자꾸 불러. 엄마 여기 있어."

"아 진짜! 깜짝 놀랐잖아! 감전돼서 죽은 줄 알았다고!"

나는 안도하는 한편으로 화가 나서 성질을 부렸다. 함정투성이인 집이 짜증스럽고, 멍텅구리 보일러를 영영 바꾸지 않을 작정인 엄마에게 화가 났다.

"죽은 사람 부르면 대답하니? 휴대폰으로 좀 비춰 줘 봐. 차단기가 내려간 거 같아."

손으로 식탁을 더듬더듬, 내 휴대폰을 집어서 손전등 기능으로 엄마 쪽을 비췄다. 엄마는 식탁 의자를 가져가서 보일러실 앞 현관에 놓더니, 의자 위에 올라가 차단기 전원을 올렸다. 띠링, 경쾌한 냉장고 알림음이 울리더니 집이 밝아졌다.

나는 아파트 생활의 예의범절 따위는 잊고 쿵쿵 발소리를 내며 냉장고로 가서 물을 꺼내 마셨다. 왜 이렇게 화가 나고, 조마조마하고, 별것도 아닌 일에 심장이 내려앉고, 아무 때나 슬프고 난리일까. 언제까지 이래야 해? 이 터널은 언제 끝이 나냐고!

"나도 좀 줘."

엄마가 물병을 받아 가더니 고개를 젖혀서 입을 대지 않고 물을 마셨다. 이건 내가 엄마에게 전수한 방법이다. 아빠는 캔 맥주를 빼고는 뭐든 컵에 따라 마시는 전통파였다.

"걱정 마, 엄마 안 죽어. 마지막 말도 못 남겼는데 보일러 전원 꽂다가 죽을까 봐? 죽기 전에 남기고 싶은 말, 너 그런 인터뷰 하고 다닌다면서."

그러더니 엄마는 내가 입을 열기 전에 한마디 덧붙인다.

"소문 참 빠르지?"

정전 사태를 겪고 마음을 고쳐먹었는지 보일러가 뜨거운 물을 뿜어 낸 덕분에 설거지는 무사히 끝났다. 나는 엄마가 싱크대를 정리하는 동안 식탁에 팔꿈치를 괴고 앉아서 뭔가 기다렸다. 엄마가 전기 주전자로 물을 끓이고, 머그잔 두 개와 캐모마일 티백 두 개를 꺼낸 다음에야 내가 무엇을 기다리는지 깨달았다. 이야기. 엄마에게 들을 이야기, 엄마와 나눌 이야기가 있었다. 그 이야기는 아빠의 죽음이 떨어뜨린 털실 뭉치와도 같았다. 매듭을 짓지 못한 채 풀리고 풀려 우리 발치까지 굴러온 이야기 뭉치.

엄마는 김이 피어오르는 차를 내 앞에 놓고 앉았다. 이번에는 내가 현관문을, 엄마가 벽을 바라보는 자리다.

"나 아빠 다이어리 봤어."

내 말에 엄마는 뜨거운 잔을 두 손으로 감싸 쥐었다.

"다이어리랑 휴대폰, 엄마가 보일러실에 놔둔 거 맞지?"

"아빠도 아니고 너도 아니면, 나밖에 없겠지."

언젠가부터 엄마는 이따금 이런 식으로 말한다. 뭐라고 딱 꼬집어 설명하기는 어렵지만 40대에 찾아온 사춘기 느낌으로 말이다. 이럴 때마다 나도 '네에, 그러셨어요?' 대꾸하고 싶어진다. 하지만 나처럼 엄마도 대화라는 걸 해 보려고 노력하는 상황이라, 나는 알았다는 뜻으로 눈썹을 꿈틀하는 선에서 마무리 지었다.

"나 보라고 놔둔 거야?"

"어쩌면 볼 거라고 생각했어. 어쩌면 못 볼 거고. 내 맘이 뭔지를 모르겠더라. 어느 한쪽으로 결정을 못 내리고, 나도 참 비겁했지. 그런데 봤구나. 어쩐지 어느 날부터 분위기가 그런 거 같았어."

"분위기가 뭐? 내가 사람들한테 음료수 사다 주고, 안 하던 짓 해서?"

"그건 아니고, 그런 게 있어. 집에 감도는 분위기. 내 딸이니까 나도 그 정도는 느끼지."

"엄마도 본 거야? 아빠 일기."

"봤지. 나도 나중에 봤어. 너희 아빠 가고 나서야."

"엄마도… 알고 있었어?"

"회사에서 있었던 일? 대강, 어렴풋이. 속 시원하게 말해 주지를 않더라고. 너희 아빠, 워낙 말이 없는 사람이었잖니. 난 그냥 일이 힘든가 보다 했어. 다들 그러고 사는데 뭐, 대수롭지 않게 넘겼지. 내가 최선을 다해 캐묻질 않아서 너희 아빠도 속 시원히 털어놓질 못했는지도 몰라. 비빌 언덕이 있어야 하소연이라도 하는 거니까."

엄마는 캐모마일 차를 후후 불어 가며 한두 모금 마셨다.

"회사 그만두고 병원 진료 시작한 뒤에야 너희 아빠가 일보다 사람 때문에 힘들어했다는 걸 알게 됐어. 뭐든 속으로 조용히 삭이는 성격에 얼마나 괴로웠을까 싶으면서도 왜 털어 버리질 못하고 끙끙대나 싶더라. 이미 그만둔 회사인데, 지나간 일인데, 회사 생활 더는 못 하겠다고 해서 피자 가게까지 차렸는데 왜 더 나빠지지? 약을 먹어야 나아질 텐데 왜 자꾸 술을 마시지? 맘속에 물음표만 쌓여 갔지. 내가 그 사람을 온전히 이해하질 못했어."

엄마는 뜨거운 온도를 벗어나 따뜻해진 차를 술처럼 들이마셨다. 한두 마디 물었을 뿐인데 작정한 사람처럼 이야기를 풀어놓는다. 나는 엄마와 달리 최선을 다해 캐물어야 했고, 엄마는 아빠와 달리 속 시원히 털어놓아야 했다. 그것이 오늘의 규칙이다.

"근데 이거 인터뷰 같은 거니?"

"모르겠어. 그냥 나도 알고 싶어. 그래야 되잖아, 딸이니까."

나는 엄마와 아빠의 딸이다. 아빠의 죽음은 엄마와 나의 삶에 겹쳐 있다. 빛이 있는 곳에 그림자도 있다. 삶과 죽음 중에서 무엇이 빛이고 그림자인지는 모르겠다. 애초에 구분하거나 분간할 수는 있을까.

"나도 하나만 물어볼게. 넌 아빠가 나 때문에 죽었다고 생각하니?"

"뭐?"

"내가 그 사람을 이해하지 못해서, 무작정 편들어 주지 않아서, 이 집 때문에 원망하고 화내고 불안해해서… 그래서 안 그래도 괴로운 너희 아빠가 벼랑 끝으로 내몰렸다고 생각해? 동네 사람들이 수군대는 것처럼 내가 그 사람을 죽어라, 죽어라, 등 떠민 거 같아?"

나는 엄마를 바라봤다. 몇 년 사이 눈가와 입가에 주름이 깊게 파여 본래보다 몇 살은 더 나이 들어 보이는 엄마. 어느 결에 이마 선 부근의 머리카락이 듬성듬성해져서 창백한 두피가 들여다보이는 엄마. 며칠 방치한 피자 반죽처럼 메마른 얼굴에서 눈동자만 빛난다. 꺼지지 않는 고민의 불빛처럼. 나는 오랜 시간이 지나도 이 순간을 잊지 못하리라 직감했다. 처음으로 엄마를 내 엄마가 아닌, '민혜림'이란 이름을 지닌 사람 그 자체로 인식한 순간이니까.

"엄마는… 아빠랑 열심히 싸웠잖아. 아빠가 이혼 서류에 사인을 해서 줄 정도로 싸웠잖아. 난 안 그랬어. 아빠를 없는 사람처럼 대했어. 보이지 않는 사람처럼, 이 집에 살지 않는 사람처럼. 아빠가 누구 때문에 더 외로웠을 거 같아?"

"너는 아니야, 온화야. 그렇게 생각하면 안 돼. 너 때문이 아니야."

엄마가 고개를 저으면서 절박한 말투로 나를 보호하려 들었다.

"나 때문이 아니라면 엄마 때문도 아니겠지. 아님 그냥 공평하게 우리 둘 다 책임이 있다고 하면 안 돼?"

"너는 끼워 넣지 마. 다 나 때문이야."

"자꾸 왜 그래."

"난 아직도 너희 아빠 마음을 모르겠어. 왜 그렇게까지 해야 했는지, 왜 그 몇 시간도 기다려 주질 못했는지."

엄마가 두 손으로 얼굴을 감싸 쥔 채 말했다. 손가락 마디마다 불거진 손이 떨렸다.

"몇 시간도 기다려 주질 못했다는 게… 무슨 말이야?"

엄마가 마른침을 삼켰다. 목이 타는지 남은 차를 한 번에 들이 켜고는 두 손을 무릎 위로 맞잡은 채 비틀었다. 그런 엄마를 보는 나는, 벌써부터 마음이 아팠다. 엄마가 들려줄 이야기가 무엇인지도 모르면서 미리 온몸이 욱신거렸다. 갈비뼈 안쪽에서 심장이 쿵, 쿠쿵, 소리를 내며 터지는 느낌.

"그날, 너희 아빠 떠나던 날, 나한테도 문자가 왔어."

나는 두 눈을 크게 뜨고, 두 귀도 활짝 열고 엄마 말에 집중했다. 오늘이 지나면 엄마는 이 이야기를 꺼내려 들지 않겠지. 나도 차마 묻지 못하겠지. 아빠는 너덜너덜해진 심장을 품고 떠났지만 우리는 찢어진 심장을 기우고 꿰매서 어떻게든 살아가야 하니까, 살아남아야 하니까.

"지금 옥상으로 와 달라고, 할 말이 있다고."

"거짓말."

그건 아빠가 나한테 보낸 메시지였어. 내가 늦게 도착한 메시지 때문에 괴로워한다는 걸 아는 엄마가 거짓말을 하고 있다. 내 몫의 고통을 덜어 가려고, 내 마음을 조금이라도 가볍게 해 주려고.

"아빠 휴대폰 갖고 와 볼래?"

엄마 말에 나는 일어나서 방으로 갔다. 이쯤에서 멈춰도 된다고 마음속 목소리가 속삭였다. 아니, 더 알아야 해. 들어야 해. 침대 매트리스 밑에 손을 넣어 휴대폰을 꺼낸다. 그래야 이 터널을 통과해서 어디로든 갈 수 있어.

휴대폰을 갖고 나가자, 엄마가 화면에 암호 패턴을 그렸다. 나는 그 패턴을 기억해 두었다. 문자 메시지함에 '혜림'이라고 저장된 대화 목록이 있다. 아빠는 엄마를 이름으로 저장해 놨구나.

> 2024년 6월 11일 화요일
> 지금 아파트 옥상으로 좀 와 줘. 할 얘기가 있어.  오후 6:03

나에게는 다음 날 도착한 문자 메시지와 같은 내용이었다. 엄마가 자기 휴대폰을 열어서, 아빠의 메시지가 제때 도착했음을 확인시켜 줬다. 나는 아빠 휴대폰에서 나에게 보낸 마지막 메시지를 찾아봤다. 2024년 6월 11일 화요일, 오후 6시 5분. 아빠는 엄마에게 메시지를 보내고 곧바로 나에게도 똑같은 내용을 보냈다. 옥상으로 오라고, 할 이야기가 있다고. 다만 나에게 너무 늦게 도착했을 뿐이다.

"그래서 엄마, 옥상에 갔어?"

"아니, 안 갔어."

엄마는 아빠에게 보낸 답장, 마지막이 된 메시지를 보여 줬다.

> 오후 6:17  이따가 집에서 얘기해.

엄마는 아빠가 맥주를 가지고 아파트 옥상에 올라가는 것을 싫어했다. 그날 아빠가 술을 마시지 않았다 해도, 엄마가 옥상까지 가서 아빠 기분을 맞춰 줄 만큼 두 사람이 다정한 사이는 아니었다. 안타까운 일이지만 자연스러운 전개 과정이기도 했다. 나는 뒤늦게 알게 된 그날의 상황을 받아들이려 애썼다. 하지만 엄마의 다음 말이 내 노력을 깨뜨렸다.

"사실은, 옥상 문 앞까지 갔다가 돌아왔어."

아빠 휴대폰을 살피던 나는 고개를 번쩍 들었다. 처음부터 아예 무시한 게 아니라 옥상까지 올라갔다가 돌아왔다고?

"말해 줄게. 이젠 다 얘기할게."

엄마는 자기 자신에게 다짐하듯 반복하더니 말을 이어 갔다.

"아빠가 나랑 같이 병원에 다녀온 건 알지? 기분이 점점 더 가라앉는지 우울해하더라고. 옥상 가서 바람 좀 쐰다길래 알았다고 했지. 그런데 얼마 있다가 나한테 옥상으로 올라오라는 거야. 평소라면 왜 그러냐고 문자로 물어보고 말았을 텐데 그날은 어쩐지 안쓰러운 맘이 들었어. 뭐 때문에 그러는지 가서 들어나 보자 싶어서 올라갔는데… 옥상 문 앞에서 전화가 온 거야."

"누구한테? 아빠한테?"

"아니, 우리 가게 단골."

"가게 휴일이었잖아."

"휴일인 거 아는데 급해서 전화했대. 저녁에 모임이 있어서 지인이 피자 열 판을 주문해 놨는데 그 가게에서 펑크를 냈다면서, 나한테 좀 해 달라는 거야. 열 판이면 돈이 얼마인가 싶어서 알겠다고 했지. 그달 장사가 안돼서 임대료 내기도 빠듯했거든. 다섯 판씩 두 번에 나눠서 보내 주기로 하고 엘리베이터를 탔어. 그러고는 곧장 가게로 가서 피자를 만들었고."

"아빠가 옥상에 있는데 가게로 갔다고?"

"그래, 문 너머에 두고 돌아섰어. 엘리베이터에서 문자를 보냈지. 이따가 집에서 얘기하자고."

사고 현장에서 엄마가 왜 앞치마 차림에 손에는 밀가루가 묻어 있었는지 알게 됐다. 엄마는 쉬는 날인데도 가게로 나가 일하다가, 보배슈퍼 아저씨의 전화를 받고서야 집 앞으로 돌아온 것이다.

나는 이제, 모든 장면을 상상한다.

옥상 앞에서 돌아서는 엄마를, 녹슨 철문 너머에 있었을 아빠를, 아내와 딸을 기다리다가 난간을 넘어 뛰어내리는 아빠를, 가게 임대료에 보태려고 엄마가 만들던 피자를, 내 세계가 돌이킬 수 없이 변하는 줄도 모르고 학원 앞을 걸어가던 나를.

아주 커다랗고 뜨거운 손이 심장을 꽉 움켜쥐는 것만 같았다. 나는 그만 견딜 수 없는 기분이 되었고, 두 손으로 양쪽 무릎을 꽉 움켜쥐었다.

"아, 엄마! 엄마!"

내 입에서 나오는 말이라고는 이것뿐이었다.

"넌 내가 원망스럽겠지. 나도 내가 원망스럽다. 제일 괴로운 게 뭔지 알아? 평소라면 옥상에 갈 생각도 안 했을 거라는 거야. 잠을 자다가 문자를 못 봤을지도 모르지. 그런데 그날은 하필이면 옥상 문 앞까지 갔다가 돌아섰어. 난 아직도 매일 밤 옥상으로 가는 꿈을 꿔. 문을 열면 너희 아빠가 활짝 웃으면서 날 반겨."

엄마의 마른 뺨으로 눈물이 흘러내렸다. 엄마는 당치 않은 일이라는 듯 눈물을 손등으로 닦아 냈다.

"왜 나한테 말 안 했어?"

"네가 날 원망할 거 같았으니까."

이게 누구를 원망할 일인가? 나는 엄마가 앞으로 지고 갈 마음의 짐이 안타까울 따름이었다. 엄마에게도 엄마만의 터널이 있었다. 그곳은 내 짐작보다 더 길고, 더 깊고, 더 어두웠다.

"원망받기 싫었어. 그러면 죗값을 치렀다는 생각에 마음 한구석이 편해질 거 같았거든. 그래서 나 혼자 알고, 나 혼자 앓았지. 마음속에 숨겨 둔 혼자만의 고통이 제일 힘든 법이니까, 날 벌주고 싶었어. 너희 아빠가 그랬던 것처럼 나도 속으로만 비명을 질렀지. 그래도 난 결국 너한테 이렇게 털어놓네. 너희 아빠는 종이에만 털어놓고 말았던데. 종이에 쓴 말보다 마음에 새겨 둔 말이 훨씬 더 많았겠지, 그렇겠지."

"엄마가 옥상에 가서 아빠를 만났으면, 아빠가 안 그랬을 거 같아?"

"나도 수천 번, 수만 번을 생각해 봤는데 모르겠어. 최소한 그날은 안 그랬겠지."

침묵이 고였다. 이전과는 달리, 각자의 침묵이 아니라 우리 둘의 침묵이었다. 엄마와 나는 침묵 속에서 이야기를 나누었다. 우리는 아빠의 마음 앞에 서 있었다. 다시는 활짝 열지 못할, 빼꼼 열린 문틈으로 들여다볼 뿐인 마음 앞에. 아빠는 떠났고 우리는 남았다. 그것이 아빠가 선택한 결론이었다. 왜 하필 그날이었는지, 왜 피자 열 판을 만들어 보낼 시간조차 기다려 주지 못했는지, 내가 물어도 아빠는 답하지 못한다. 아빠가 정답을 알았으리라는 보장도 없다. 아빠가 떠난 뒤, 나는 인생에 답이 없다는 말을 인정하게 됐다. 예전에는 인생에 답 없는 사람들이 하는 헛소리인 줄로만 알았다.

"이거, 같이 볼래?"

엄마가 잠긴 목소리로 말하더니 아빠 휴대폰에서 동영상을 하나 재생했다. 촬영 날짜와 시각은 아빠가 옥상에서 추락하기 직전.

서서히 해가 저물 채비를 하는 초여름 하늘, 멧비둘기 한 마리가 옥상 난간에 앉았다가 날아오른다. 카메라의 시선이 새를 쫓는다. 날개를 펼친 채 하늘을 한 바퀴 넓게 돌더니 해가 저무는 방향으로 날아가는 멧비둘기. 아빠는 날갯짓하는 새가 먼 곳에 찍힌 작은 점이 됐다가 사라질 때까지 카메라로 지켜봤다. 영상 속에서 새는 자유로워 보이기도 했고, 외로워 보이기도 했다. 누군가와 함께 있으면서도 저 홀로 살아가는 사람처럼.

우리는 영상을 몇 번이나 되돌려 봤다. 그러다가 엄마가 말했다.

"마지막으로 남기고 싶은 말, 나도 그거 하고 싶은데 찍어 줄래?"

"진짜?"

"응. 엄마 좀 찍어 줘."

"알았어, 잠깐만."

방에서 거치대를 가져와 휴대폰을 고정하고 카메라를 켰다.

"질문 안 해? 물어봐야 답을 하지."

"내일 죽는다면 오늘 마지막으로 남기고 싶은 말은 무엇인가요, 이렇게?"

"그래. 이제 경식으로 시작한다? 저는 자목련동에서 피자집을 운영하는 민혜림이라고 합니다. 내일 죽는다면 오늘 저는 이런 말을 남기고 싶어요. 인생에는 중요한 일과 사소한 일이 있습니다. 그렇지만 이 둘을 구분하기가 쉽지만은 않아요. 지금 사소한 일이 언젠가는 중요한 일이 되기도 하고, 그 반대도 많거든요. 누군가의 말 한마디, 눈빛, 메시지, 전화 한 통, 이렇게 사소해 보이는 게 사실은 아주 중요할 때가 있어요. 그러니까 평소에 내 옆에 있는 사람들 말에 귀를 기울이고, 표정도 살피고, 자주 안부를 묻고, 그러는 게 좋지 않을까요?"

엄마는 여기까지 말하더니 휴대폰 옆으로 비켜 선 나에게 시선을 돌렸다.

"횡설수설이지? 아까 밥하면서 생각을 정리해 놨는데도 말이 조리 있게 안 나오네."

"왜, 괜찮은데."

"아니야, 너무 장황해. 다시 할게. 짧게 말할래."

"그럼 편집할 테니까 다시 시작하면 돼."

엄마가 카메라를 보며 "온화야" 하고 말문을 열었다. 나도 모르게 몸이 굳는다.

"온화야, 집으로 와. 우리 맛있는 거 먹자."

나는 옅은 웃음을 띤 화면 속 엄마를 보며 그대로 서 있었다. 집으로 와. 우리 맛있는 거 먹자. 엄마는 삶의 마지막 순간에 나와 함께 있고 싶어 한다. 어쩌면 아빠도 그렇지 않았을까? 아빠가 남기고 싶었던 말이 무엇인지는 영영 알 길이 없지만, 아빠는 엄마와 나를 불러 모아 셋이 한자리에 함께 있고 싶어 했다. 그것이 문틈으로 들여다보이는, 가장 확고한 진실이었다.

**11**

건우와 저어새를 보러 가기로 한 약속을 한별이에게 말하고 말았다. 학원에서 만날 때마다 너 뭔가 사연이 있어 보인다며 추궁하는 통에 버티지 못하고 실토했다. 엄마와 아빠 이야기를 할 수는 없어서, 건우 이야기를 했다. 저어새도 사연이라면 사연이니까.
"저어새? 그런 새가 있어?"
한별이는 얼마 전 나와 똑같은 반응을 보였다. 논점을 벗어난 발언에 기쁜 나머지 '저어새'를 검색해서 읽어 줬다. 학명은 발음도 어려우니 통과하고 멸종 위기 야생 생물 1급으로 천연기념물 제205-1호, 우리나라에서 봄과 여름을 지내고 날이 추워질 무렵 월동지로 떠나는데 귀소 본능이 강해 태어난 곳으로 돌아오고… 한별이의 관심이 건우에게서 떠나 저 멀리 날아갈 때까지 읽을 작정이었지만, 한별이가 손을 저으며 제지했다.
"저어새 박사야? 됐고, 서건우 개 특이하네. 새를 보러 가자 그러고?"

"새 귀엽잖아. 게다가 저어새는 희귀한 애들이라고."

"가자, 옷 사러!"

"옷은 왜?"

"저어새 데이에 어울리는 옷차림이 필요해. 안 그러면 너, 현미 고추장 할머니 옷 입고 갈 거 같아. 그건 내가 못 참아."

한별이는 나를 옷 가게가 모인 거리로 끌고 갔다. 가게를 다섯 곳이나 돌며 옷을 스무 벌도 더 입어 봤고, 결국 첫 가게로 돌아가 첫 번째로 입어 봤던 옷을 샀다. 연한색 청바지에 흰색 블라우스. 내 방 옷장에서도 비슷한 옷이 세 벌쯤은 나올 듯했지만, 두 시간 동안 돌아다닌 고생이 아까워서 구매했다. 파티용 드레스나 정글 탐험용 카키색 점프 슈트가 아닌 게 어디야.

한별이가 지은 작전명 '저어새 데이' 전날, 건우가 동네 버스 정류장에서 만나자며 메시지를 보내왔다. 난 그러지 말고 생태 공원 앞에서 만나자고 했다. 방학에 우리 둘이 버스 타고 가는 모습을 학교 애들이 보면 쑥덕쑥덕 시끄러워질 것 같았다. 호들갑이라면 새로 산 옷 두 벌로도 충분했다.

> 근데 내일 약속
> 비밀 아니지?
> 친구가 알게 돼서

오전 11:20

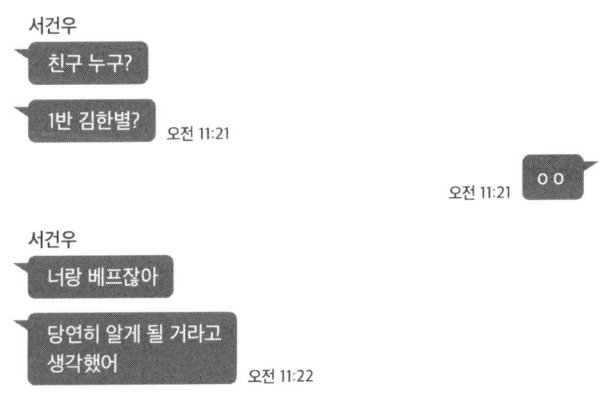

'비밀이 아니었어!' 하고 안도감이 들면서도 '비밀이 아니었어?' 하는 물음표가 머릿속에 새겨지는 이 감정은 뭘까. 아, 모르겠다. 생각을 차단하고 새로 산 옷을 입어 봤다. 잘 어울린다. 한별이가 보는 눈이 있다.

다음 날 오전 9시 50분, 생태 공원 정문 앞에 도착해 건우를 기다렸다. 정확히 7분 뒤, 길 끝으로 보이는 정류장에 버스가 서더니 건우가 내렸다. 내리자마자 뛴다. 아직 3분 남았는데 또 저러네.

"미안! 오래 기다렸어?"

내 앞에 다다른 건우가 숨을 몰아쉬며 물었다. 땀에 젖은 머리카락이 이마에 달라붙었다. 머리카락을 떼어 주고 싶어서 손가락이 움찔하는 바람에 나는 애꿎은 발가락에 힘을 줬다. 어디서 손이 꿈틀거리고 난리? 미쳤다니까, 차온화.

"나도 좀 전에 왔어. 물 마실래?"

건우가 고개를 끄덕여서, 나는 가방에서 생수가 든 텀블러를 꺼냈다. 건우는 입을 대지 않으려는 신중한 동작으로 물을 딱 두 모금 마셨다. 대왕에 가까운 대형 텀블러라 더 마셔도 되는데.

생태 공원 안내소에서 학생증을 맡기고 쌍안경을 빌렸다. 탐조대로 가자, 유수지 건너편으로 아담한 인공 섬이 보였다.

"저 섬에 저어새가 있대. 한창 새끼를 키우는 중일 거야."

나는 건우가 하는 대로 쌍안경 줄을 목에 건 다음 렌즈에 눈을 대고 섬을 살펴봤다. 커다란 돌로 담을 쌓고 주변에는 나무를 빼곡하게 심어 놓은 섬 곳곳에 새가 있었다. 사진에서 본 대로 몸통은 하얗고 부리와 다리는 까맣다.

"와! 쟤들이 저어새구나!"

"부리가 주걱처럼 생긴 거 보여?"

"그거까진 안 보이는데? 넌 보여?"

"나도 안 보여."

"쌍안경 배율이 낮아서 그런가."

그래도 보일 건 다 보였다. 물로 뛰어들어 먹이를 찾는 모습, 물가로 낮게 날다가 날개를 퍼덕거리며 높이 날아오르는 모습, 물속 갈대밭 사이를 노닐며 목욕하는 모습…. 전 세계에 수천 마리밖에 없다는 희귀한 새가 우리나라 어디에나 있는 아파트를 배경으로 날아다니는 풍경이 비현실적일 만큼 신기했다.

탐조대 이쪽저쪽으로 위치와 방향을 바꿔 가며 저어새뿐만 아니라 가마우지, 왜가리, 오리도 구경했다. 나는 오리 정도만 알아봤는데 건우가 "3시 방향으로 왜가리야" "왼쪽 섬에 있는 애들은 가마우지야" 하고 알려 줬다.

"아는 새가 많은 거 같아, 넌."

나는 팔이 아파서 쌍안경을 내리고는 탐조대 난간에 의지하고 선 채 말했다.

"할아버지가 많이 알려 주셔서 그래."

"여기도 할아버지랑 와 본 기아?"

"아니, 몸이 안 좋으셔서 외출은 거의 못 하셨어. 옛날에 찍어 놓은 사진이나 새 도감으로 보여 주신 거야."

건우도 망원경을 내리더니 난간에 기대섰다. 우리는 두 걸음 정도 떨어져 있고, 여기는 새들의 세상이다.

"이 공원에 와서 저어새 보는 거, 할아버지 버킷리스트였어. 퇴원하면 나랑 꼭 같이 와 보자고 했었는데…."

"네가 대신 왔으니까 좋아하실 거야."

"그러면 좋겠다."

나는 망원경 없이 맨눈으로 먼 곳을 바라봤다. 새 한 마리가 하늘로 날아오른다. 아빠가 휴대폰으로 찍은 새 영상이 떠올랐다. 옥상 난간에서 출발하여 하늘을 한 바퀴 돌고 작은 점으로 사라지던 새.

"우리 아빠도 여기 왔으면 좋아했을 거 같아."

"이런 거 물어봐도 되는지 모르겠는데 혹시, 유서 같은 거 남기셨어?"

"그런 게 없어서 인터뷰를 시작한 거야. 아빠가 마지막으로 무슨 말을 남기고 싶었을지 짐작이라도 해 보고 싶어서."

건우가 나처럼 자살 유가족이라고 밝혀 줘서 그런지, 이런 말을 다 하게 된다. 말에도 규격이 있고 용도가 있는 것 같다. 엄마에게 할 말, 우림 언니에게 할 말, 한별이에게 할 말, 건우에게 할 말이 따로 있다. 엄마에게 하지 못할 말도 우림 언니에게는 하게 되고, 한별이한테 못 한 말도 건우 앞에서는 흘러나오고 그러니까.

"너희 할아버지는?"

"딱 한 줄. 내 몸의 누추함을 더는 견디지 못해서 떠난다…."

누추함, 아프고 병든 몸의 누추함.

쌍안경을 눈으로 가져가 저어새를 관찰했다. 자세히 보면 큰 새와 작은 새가 섞여 있다. 작은 녀석들은 어린이나 청소년인 모양이다. 어른 새에게 먹이를 받아먹기도 하고, 어른 새를 따라 나는 연습을 하기도 한다. 저렇게 활기차고 건강한 새들도 언젠가는 병들거나 늙겠지. 새들은 어디에서 어떻게 죽을까? 아빠는 일기에 적었다. 다른 곳으로 가려고 먼 거리를 이동하는 새들이 길고 고된 비행을 견디지 못해 더러는 떨어져 죽기도 한다고. 그리고 이렇게도 적었다. '나는 이동에 실패한 새일까?'

갑자기 슬퍼진다. 쌍안경을 얼굴에 꾹 눌러 대고 눈물을 틀어막았다. 나 역시 길고 먼 터널을 지나 어딘가로 이동하는 중이었다. 이 터널을 지나면 탁 트인 하늘이 나오기는 할지.

"10월쯤 저어새들이 월동지로 떠난다는데 그때도 와서 볼래?"

"떠나는 모습을 보는 건 좀 쓸쓸할 거 같은데."

"내년이면 다시 올 텐데?"

건우의 말에 나는 인공 섬으로 날아와 앉는 저어새를 한참이나 바라보다가 물었다.

"왜 떠난 사람은 돌아오지 않을까?"

그러자 건우가 나지막한 목소리로 대답했다.

"우리 마음속으로 돌아올 거야."

우리 마음속으로, 나는 그 말을 되뇌었다. 떠난 이를 그리워하는 마음, 그 마음속으로 돌아오는 사람들. 자기가 태어난 곳을 찾아오는 새처럼.

\* \* \*

"지금부터 차온화와 인터뷰를 시작하겠습니다."

나는 침대에 앉아, 거치대에 고정한 휴대폰을 응시하며 말했다. 내 마지막 인터뷰 대상자는 나 자신, 차온화였다. 새가 태어난 곳으로 찾아들듯이 나도 나에게 돌아왔다. 내가 묻고 답해야 할 이야기를 지니고서.

아무리 그래도 그렇지, 내가 나한테 존댓말하는 건 민망하다. 편하게 반말로 해야겠다. 혼잣말처럼 혼자서 하는 인터뷰인데도 일은 일이라서 긴장이 된다. 깊은 밤, 나뿐인 집에 문까지 잠근 방. 선풍기를 틀고 창문도 닫았으니 인터뷰 내용은 높은 나무에 매달린 매미쯤 돼야 엿듣겠지. 정작 매미는 가로등 불빛 아래 맴맴 울어 대느라 바쁘다.

건우를 인터뷰할 때 자연스럽게 찍어 보자며 이런저런 잡담을 나눴는데, 나도 그런 식으로 출발해 봐야겠다. 우림 언니의 질문 목록을 활용하면 될 듯.

"자목련동에서 추천하고 싶은 맛집이 어디야?"

팔짱까지 끼고 30초 넘게 고심한 끝에야 토끼김밥이 선정된다. 대단한 맛집은 아니지만 매일 가도 질리지 않을 만큼 메뉴도 다양하고 어느 음식이든 기본은 한다. 우림 언니와 다솔이에게는 급식실 같은 곳이기도 하다. 특히 돈가스김밥은 한 번에 두 줄 이상 주문해야 한다는 단점을 장점으로 삼아 한 번에 두 줄씩 해치울 만큼 맛있다.

전문 분야인 먹을 것 이야기를 공들여서 길게도 하고 나니, 긴장감이 옅어지고 마음의 준비가 됐다. 심호흡을 하며 두 발을 엇갈려 포갰다. 이제부터 진짜 인터뷰다. 내일 죽는다면 오늘 남기고 싶은 말은, 그 질문을 할 차례인데 내 입에서 엉뚱한 말이 튀어나왔다.

"아빠 문자 말이야. 그날 제때 도착했으면 어땠을 거 같아? 아빠를 보러 옥상에 갔을 거 같아?"

창밖에서 매미가 귀청을 뚫을 듯 목청을 뽑았다. 하지만 나는 눈 깜빡이는 소리조차 내지 않고 앉아만 있었다. 바깥이 얼마나 시끄럽고 소란스럽든, 내 방이라는 우주는 완벽에 가까운 정적 속에서 느리고도 고요히 출렁였다.

"나는…"

오래 지나고서야 입을 연다. 바로 이것이었다. 내가 피하고 싶었던 질문과 답. 이 질문을 하고 그에 답하려고 사람들을 인터뷰해 왔다는 생각이 든다. 몇 발짝 앞에 있는 곳이 담장으로 가로막혀 직진하지 못할 때 에둘러 가듯이, 나는 내가 아는 사람들 사이를 돌고 돌아 담장 너머에 도착했다. 자, 여기다. 이곳은 사방이 뚫려 있어서 어디 숨을 데도 없는 진실의 땅이다. 이쯤에서 마음속 진실을 털어놓기로 하자. 진실, 엄마가 나에게 그랬듯이.

"나는…"

어느새 눈물이 들어찬 눈을 들어 천장을 올려다본다. 우림 언니와 내 방은 위치가 똑같다. 언니는 이 천장 위, 침대에 누워 드라마를 보고 있을 것이다. 언니, 도와줘. 나 어떡해야 돼? 그러자 우림 언니의 할머니, 보라 할머니가 한 말이 떠올랐다. 나 자신과 친구가 되라고 했고, 숨기지 말고 드러내라고도 했다. 앞으로 나 자신과 친구로 살아가려면 지금 숨김없이 진실해야 한다.

"그 문자가 제때 왔다면…."

나는 나의 이야기를 시작한다.

"문자가 제대로 왔더라도 난, 옥상에 안 갔을 거야. 종일 멍하니 앉아 다른 세상에 있는 것처럼 구는 아빠가 싫었거든. 아빠를 보면 나까지 힘이 빠지는 느낌이었어. 아빠 문자란 걸 알고는 확인도 안 해 봤을걸? 읽었다 해도 바로 삭제하거나 아빠를 아예 차단해 버렸을지도 모르지. 아무튼 난 안 갔을 거야. 엄마는 갔어. 옥상 문 앞에서 돌아섰지만 엄마는 아빠한테 가서 얘기를 들어 보려고 했어. 난 아니야. 난 안 그랬어. 안 그랬을 거야."

눈물이 나왔다. 닦지 않고 그대로 두었다. 뺨을 지나 목덜미로 흘러내리게, 1년 내내 마음속 지하 공간에서 타오르며 점점 몸집을 키워 온 고민의 불꽃 속으로 스며들게.

이제 나는 나에게 말한다. 아빠의 메시지가 늦게 와서 차라리 다행스러웠다고, 내가 하지 못한 선택이 하지 않은 선택보다 덜 잔인했다고, 아빠의 이야기를 듣지 못해 애달팠으나 그 아픔 뒤편에 진실을 감춰 두고 숨어 지냈다고.

"나라도 갔다면, 가서 아빠가 하는 말을 들었다면, 아빠는 안 그랬을 거야. 다른 날은 몰라도 그날은 아니었을 거야. 그날을 용케 버티고 나면 다음 날은 좀 괜찮아지고, 그다음 날은 좀 더 괜찮아지고, 그랬을지 누가 알아? 그랬다면 그날 아빠가 하려던 이야기는 인생 마지막 말이 아니라 그냥 어느 날 털어놓은 말로 남았겠지. 아무도 아빠한테 가지 않았기 때문에 아무에게도 하지 못한 마지막 이야기가 돼 버린 거야."

내 잘못이 아니라고, 그 누구의 잘못도 아니라고, 상담 쌤이 말했었다. 내가 진실은커녕 사실조차 말하지 않고 사건의 겉껍질만 훑다가 왔는데도, 선생님은 매번 그렇게 말해 줬다. 온화 학생 잘못이 아니에요. 지금 머릿속에 무슨 생각이 떠오르든, 그 일은 온화 학생 탓이 아니에요. 내가 상담을 그만둔 진짜 이유도 거기에 있었다. 상담 시간마다 듣는 위로가 고통스럽도록 달콤해서. 엄마가 그랬듯 나도 자책과 죄책감을 아빠 아닌 다른 사람에게서 탕감받기 싫었다. 그럴 수는 없었다. 옥상에서 뛰어내릴 때 아빠는 얼마나 무서웠을까? 땅에 부딪힐 때는 얼마나 아팠을까? 내 마음이 아프면 얼마나 아프다고 위로를 받는다는 거야, 대체. 하지만 우습게도 난, 위로가 필요했다. 빗줄기를 애타게 기다리다가 시든 잎사귀처럼.

"내가 정말 무서운 게 뭔지 알아? 아빠가 뛰어내리는 순간에, 땅에 부딪히기 전까지 추락하는 동안에, 뛰어내린 걸 후회했을까 봐, 모든 걸 되돌리고 싶었을까 봐, 난 그게 너무 무섭고 괴로워."

울음이 터져 나왔다. 장례식장에서도 조용히 흐느끼고 말았지만 오늘은 온몸이 폭발하듯 울음이 터져 나왔다. 마음속 지하에서 쿵, 쿠쿵, 폭발음이 들려온다. 나는 몸을 구부려 무릎에 얼굴을 묻은 채 통곡했다. 매미들이 일제히 조용해지더니 내 울음소리에 귀 기울였다. 마치 자기들만의 방식으로 뒤늦게 애도하듯이. 나는 굳센 날개가 달린 커다란 새가 돼 그날 그 시간으로 날아들고 싶었다. 추락하는 아빠를 등에 태워 날아오르고 싶었다. 다 괜찮아질 테니까 이러지 말라고, 조금 더 참아 보라고 설득하고 싶었다.

그러나 이제는 나도 안다. 괜찮다는 말만으로 괜찮아지는 일은 흔치 않고, 이 세상은 어렵사리 괜찮아진 다음에도 손쉽게 나빠지는 일투성이라는 사실을. 상상 속에서 나는 날래고 힘센 새가 돼 추락하는 아빠를 죽음의 손아귀에서 가로챈다. 물론 상상의 세계에도 괴로움과 두려움은 있다. 아빠가 나에게 놔 달라고 말하는 것. 그만 보내 달라고, 이대로 끝나게 해 달라고 애원하는 것. 그 상상만으로도 마음이 얼마나 아픈지, 얼마나 산산이 부서지는지.

현실과 상상 속의 고통, 무엇이 더 서글픈지 모르겠다.

다만 나는 알게 됐다. 아무도 영원히 날지 못하고, 그 누구도 끝없이 추락하지 않는다는 물리적인 법칙을. 모든 일에는 끝이 있다. 입구와 출구가 있는 터널처럼, 그래, 터널처럼. 터널을 빠져나오면 또 다른 길이 있듯이 나는 계속해서 나아갈 작정이다. 아빠가 죽음으로 답한 세상의 질문에 나는 삶으로 답할 것이다. 그것이 내가 택한 방식이다. 아빠는 내가 아무것도 모르기를 바랐지만, 나는 아주 많거나 아주 적은 것을 알게 됐다.

얼굴을 뒤덮은 눈물을 닦아 내고 카메라를 바라본다. 인터뷰를 끝맺을 때였다.

"내일 죽는다면, 오늘 마지막으로 남기고 싶은 말이 뭐야?"

이제까지 사람들에게 얼마나 어려운 질문을 해 왔는지 알겠다. 사람들은 죽음이란 상황을 가정한 지금 이 순간에 하고 싶은 말을 들려줬다. 죽음이란 생각보다 가까운 곳에 있으니까. 내일만큼이나 가깝고 친숙한 곳에 말이다. 그러므로 이 마지막 인터뷰에서, 지금 내 마음속에 절실히 차오르는 진심을 말로 옮겨 보려 한다.

나는 휴대폰 화면 속의 나와 눈을 맞추며 천천히 대답한다.

"아빠, 안녕. 잘 가요. 나도 잘 있을게."

창밖에서 매미가 울기 시작했다.

그날 밤, 꿈을 꾸었다.

나는 옥상 난간에 걸터앉아 두 다리를 까마득한 허공에 대롱거린다. 불어오는 바람에 머리카락이 휘날린다. 비가 쏟아질 듯 먹구름이 끼는 하늘. 여름 저녁인데도 한기를 느껴 몸이 움츠러드는데, 한쪽 어깨에 누군가 손을 얹는다. 고개를 돌리니, 손이 아니라 새였다. 어디에서 왔는지 작고 가벼운 새가 어깨에 앉아 나를 본다.

'아빠?'

내가 아빠를 알아보고 말한다.

'온화야, 아빠 보내 줘서 고맙다.'

새가 아닌데도 나는 새의 언어를 알아듣는다. 조그만 부리가 내 뺨을 문지른다. 어린 시절에 잡아 본 아빠 손처럼 딱딱하고 따뜻한 감촉이 뺨에 와 닿는다.

새가 날개를 펼치더니 다시금 밝아 오는 하늘로 날아오르고, 외롭도록 홀가분한 날갯짓으로 하늘을 가로질러, 사라진다.

꿈에서 깨어난 나는 어둠 속에 누워 있었다. 손을 들어 뺨에 가져다 댄다. 아직도 꿈속 온기가 남은 듯한 뺨에 손을 댄 채 가만히, 가만히 숨을 내쉬었다.

## 에필로그

 개학을 앞두고 방을 청소하다가, 구석에 처박힌 가방을 집어 들었다. 음식 국물이 튀고 펜 자국이 묻어서 꼬질꼬질하다. 시간 있을 때 빨아 두려고 내용물을 빼고 안주머니 지퍼를 열었다. 주머니에서 종이가 나온다. 건우와 〈빼앗긴 들에도 봄은 온다〉를 보러 갔을 때 받은 표다.
 건우가 이런 표를 모으냐고 물어봐서, 딱히 모으지는 않지만 굳이 버리지도 않는다고 했었다. 이걸 어쩔까 잠깐 고민하다가, 사진으로 찍어 두고 실물은 버리기로 했다. 어차피 추억이란 마음속에 남는 기억이니까. 영화표를 휴대폰으로 찍고 무심코 뒷면을 뒤집어 봤다. 그런데 음? 이게 뭐지?
 빼곡하게 인쇄된 이용 약관 구석에 깨알 같은 손 글씨가 보였다.

*차온화*

*온화*

*온화야*

이렇게 세 번이다.

휴대폰을 뒤져서 몇 달 전, 건우에게 찍어 보낸 국어 교과서 사진을 찾았다. 97쪽 옆으로 찍힌 96쪽, 그 귀퉁이에 나는 건우 이름을 적어 놓았다.

*서건우*

*건우*

*건우야*

이렇게 세 번이다.

건우는 알고 있었다. 교과서 사진을 보냈을 때부터, 어쩌면 그 전부터. 그래서 물어봤구나, 혹시 표를 모아 두냐고. 어디에 보관해 놓으면 언젠가는 볼까 싶어서. 영화표를 앞면만 사진 찍고 버리려고 했다니, 건우 마음은 뒷면에 숨어 있었는데.

건우에게 '너 이거 뭐야?'라고 메시지를 적었다가 지우고, 다시 썼다가 지우고, 정신이 없다. 뭐긴 뭐겠어, 차온화! 방이 아니라 내 머리부터 정리해야 할 것 같다. 한 손에는 휴대폰을, 한 손에는 표를 쥔 채 방을 왔다 갔다 하다가 냉장고에서 찬물을 꺼내 들이마셨다.

몸에 열이 올라서 방 창문을 열어젖혔다. 하늘에 붓질하듯 깔린 노을과 습기 어린 바람이 빛깔과 감촉으로 와 닿는다. 창가에 서서 노을과 바람에 나를 맡겼다. 조금씩 서서히, 내 마음에 따뜻한 느낌이 차올랐다. 더위 속에서 느끼는 온기란 추위 속의 열기만큼이나 아늑했다.

창밖을 내다보며 아빠를 생각한다. 아빠는 따뜻하고 화목한, 온화한 세상에 무사히 도착했을까? 그렇기를, 부디 그렇기를 바랄 뿐. 나는 휴대폰을 열어 아빠가 보낸 마지막 메시지를 마지막으로 읽어 보고는 삭제했다.

슬프고 불안한 마음이라는 터널을 통과해 여기까지 왔다. 그 깊고 어두운 시간과 공간도 어딘가로 향하는 길이었다. 터널은 언제든 또 나타나겠지만, 터널 끝에는 길이 있고 터널 밖에는 하늘이 있다.

하늘로 새가, 날아간다.

# 작가의 말

**작가의 말**

 작가의 말은 언제나 쓰기 어렵지만 이번처럼 오래 망설이기는 처음이다. 몇 번이나 썼다가 지우기를 반복했다. 나는 이 소설이 끝나도 온화의 삶은 계속 이어진다고 생각한다. 독자가 그 이야기를 상상하며 온화와 함께 걸어가 주었으면 한다. 그런데 소설이 끝난 시점에서 작가의 이야기가 끼어들면 독자에게 방해가 되지는 않을지 걱정스러웠다. '무슨 말을 할까?'보다 '무슨 말을 하지 말아야 할까?'를 고민한 이유이기도 하다.
 『온화의 마음』은 아빠의 죽음과 온화의 삶에 관한 이야기다. 아니, 두 사람의 삶에 관한 이야기다. 온화의 마음이 깃든 이 세상에 관한 이야기다. 불안하고 슬픈 마음으로 긴 터널을 통과한 온화는 어떤 인생을 살아가게 될까? 온화에게 누가 다가와 무슨 사연을 들려주게 될까? 어쩌면 앞으로 나는, 온화가 귀 기울여 듣는 이야기를 하나씩 소설로 풀어 나가게 될지도 모르겠다.

소중한 사람을 잃은 분들이 『온화의 마음』을 읽었다면, 조금이라도 위로와 위안이 되었기를 바란다. 삶과 세상 속에 남은 우리는 어떻게든 앞으로 나아가야 한다. 어느 순간 터널이 끝나고 환한 하늘이 펼쳐지리라 믿는다.

길고 어두운 터널의 끝에서,<br>
새로운 계절을 목격하며

**프롤로그의 기사 참고 자료**

- 〈GTX와 기울어진 아파트, 도심 터널의 잠재적 위험〉, 심인보, 《뉴스타파》, 2021. 07. 15.
- 〈터널환경학회 "삼두아파트 지반 침하, 인천 북항 터널 공사 때문"〉, 심윤지, 《경향신문》, 2023. 08. 28.
- 〈가라앉는 '삼두아파트'… GTX 관통 '은마'는 괜찮을까〉, 류인하, 《경향신문》, 2023. 02. 05.

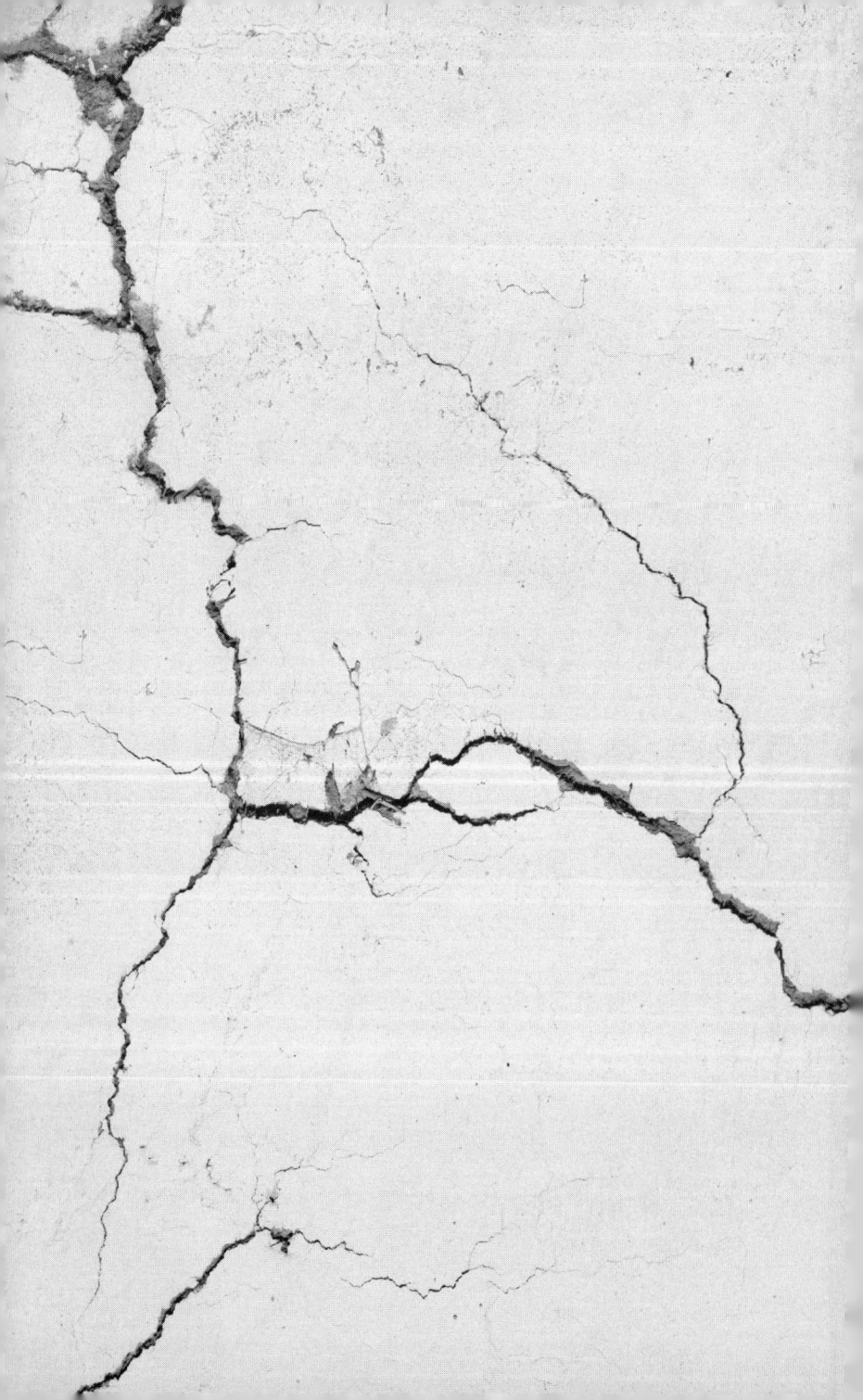